The Furthest End Awaits

The Furthest End Awaits

さいはてにて
やさしい香りと待ちながら

柿木奈子

集英社文庫

目　次

さいはてにて

やさしい香りと待ちながら

1　三十年の孤独

水の流れは隠されている。

暗渠《あんきよ》の上に作られた緑道を通って彼女は仕事場に向かう。

髪を一つにまとめ、化粧もほとんどしていない。紺色のハーフコートにパンツスタイルで、麻のショルダーバッグをさげている。駅へと向かう会社勤めの女性達とは様子が違うが、彼女がきちんとした大人の女であることは容易にわかる。

緑道脇の家々からは色々な音が聞こえてくる。室外機や給湯器の音に混じり、食器の重なる音や家族の話し声も聞こえてくる。

彼女はそれらの音に耳を澄ましながら歩く。

どこかで子供が笑った。犬が鳴いた。すると冷たい北風がビューッと吹いて、それら全てをかき消してしまった。

緑道は桜の巨木の前で、不意に終わる。右に曲がり、月極の駐車場の前を通り過ぎていく。停めてあるハイブリッドカーの陰から、よく知った水色の小型車が顔を覗《のぞ》かせた。

中古で買った、近所への配達に使う、彼女の車だ。

それ以外に、彼女が「おはよう」と声をかける相手はいない。

やがて道は商店街にぶつかって、彼女は仕事場にたどり着く。

鍵を開け、電気を点ける。

十二時間前に彼女が帰っていった時のまま、今日も一日が始まっていく。

そんな毎日が五年続いている。

吉田岬《よしだみさき》は三十五歳だった。このままずっと、こんな毎日が続いていくと思っていた。


東京は世田谷。私鉄沿線の小さな駅から長く続く商店街のほとんど端っこに『ヨダカ珈琲《コーヒー》』はある。三階建てのビルの一階にあり、ブルーグレーの壁に横長の嵌《は》め込《こ》み窓と木製のドアがついた、間口が一・五間ほどの小さな店だ。看板は小さく、営業中に表に出される黒板でもない限り、そこがコーヒー豆を売る店であることはわかりにくい。

店の中は、奥の方が豆を焙煎《ばいせん》する作業スペースになっている。入口からコーヒー豆が並ぶガラスケースまでが客用のスペースで、小さなソファーとコーヒーテーブルが置いてある。客達はそこに腰掛けて、岬が淹《い》れたコーヒーを試飲することもできる。

ホームページもフェイスブックも開設していない。取り寄せはできるが、注文は電話かファックスだけで、ネット注文は受け付けていない。

それにもかかわらず『ヨダカ珈琲』は、一般客のみならず、レストランや喫茶店などの飲食店からの支持も熱く、かなりの数の顧客を持っている。人気の理由は、扱っている豆の良さであり、それを焙煎する岬の技術と、丁寧な仕事から生まれるぶれない味だった。

ピーク時には月に600キロ近くの豆が売れた。人を雇うことを考えてしまうほどの量ではあるが、岬は一人でやりきることに決めた。

「働きたい」とおしかけてくる若い人もいる。何故か？　と聞いてみると、「こんな雰囲気の店で働いてみたかったから」が、一番の理由に挙がる。

それでは一緒に働くのはきつかった。自分の店で雇うのならば、コーヒーが好きなのはもちろん、働くことが生きることに直接繋《つな》がっている人でなければ嫌だった。

とはいえ、焙煎、接客、配送の準備、配達の全てを一人でやりきるのは楽ではない。週に一度の休みの他は一日に十二時間かそれ以上働いた。

岬はコーヒーと向き合うこの人生に満足していた。選ばれた素材に対して真面目な仕事を果たし、それが人の支持を得て生活の糧となる。それ以上の物はさして必要としていなかった。

岬の一日は仕事で始まり仕事で終わる。心を許せる友も、愛すべき家族も岬のまわりには一人もいない。

それでも、仕事さえあれば生きていける。そう思って岬は生きてきた。

その日は忙しい一日だった。十時に店を開けてからは焙煎する間もないぐらい、午前中に集中して客が来た。昼過ぎにはウェディングプランナーと名乗る人がやってきて、結婚式の引き出物に使いたいという話をしていった。

ようやく仕事が一段落したのは三時過ぎで、遅い昼食をとろうとした矢先、急遽《きゆうきよ》、得意先に配達に行かなくてはならなくなった。

配達の帰り道、車のラジオからは、大雪警報のニュースが流れていた。

岬は、フロントガラスから空を見上げる。日暮れ前の街に、いつ雪が降り出してもおかしくなさそうな、分厚い雲が覆いかぶさっていた。

今日は、もうお客さんが来ないかもしれない。

この前降った雪に、東京の何もかもが止められたばかりだった。それが原因か、ラジオも大げさなほど、早めの帰宅を呼びかけている。

心なしか、前の車がスピードを上げた気がした。夜が少しずつ近づいてきていた。

案の定、客はそれから一人もやってこなかった。一本だけ、閉店時間を確かめる電話はかかってきた。

八時の閉店までの間、岬はいつもどおり仕事をした。ブレンドにのみ使うコスタリカの豆を焙煎し、釜の火を落として掃除した。送られてきたファックスを注文書に起こし、顧客リストを整理した。包装紙を補充し、小分けの袋に店のラベルを貼っていく。

八時になると、表の黒板を仕舞うために外に出た。外はまだ、今にも何かが降り出しそうな白っぽい空のままだった。

店の向かいに男が一人、寒そうにして立っていた。岬の顔を見るなり男がちょこんと頭を下げる。古びた黒いコートを着た、背の低い、五十代半ばぐらいの眼鏡をかけた男だ。

岬もつられて小さく頭を下げると、男は野暮ったい笑顔を浮かべながら近づいてくる。

「どうも夜分にすみません。やはりお店が終わってからお伺いしようと思ったもんでして」

その声と喋《しゃべ》り方《かた》に聞き覚えがあった。ふと、閉店時間を聞いてきた電話の声に思い当たる。

男は岬の頭の中を覗き見たかのように、「ええ、ええ」と頷《うなず》いた。

「実は、ほんのちょこっとだけお時間を拝借して、是非とも聞いていただきたいお話があるんですが」

男は、一瞬、策士めいた表情を浮かべた。旅行用にも見える大きめの鞄《かばん》からして、もしかしたら浄水器か何かの営業かもしれない。

やんわりと断って追い返すのが普通だった。それなのに、岬はどうしてだか話を聞いてもいいような気がした。閉店時間まで外で待っていたことに同情してしまうほど、底冷えのする夜だったからかもしれない。

コーヒーを淹れながら岬は男を観察していた。

男はコートを脱ぎ、ソファーに腰を下ろした。曇った眼鏡を外して拭くと、掛け直して店の中を見回した。値踏みをするような目つきだったが、コーヒーにはまるで興味がないようだった。岬と目が合うと、「時間があったので商店街を端から端まで歩いたら、わりと古い店が多くて驚いた」だとか、「駅前のおでん屋で暖をとろうと思ったら、もう既に出来上がっている客で満杯だった」だとか、「仕方がないから『天ぷら』と暖簾《のれん》に書いてある定食屋に入ったら今日の定食はカレーライスだった」だとか、どうでもいい話をぺらぺらと喋った。肝心の用件は、岬が腰を下ろすまでは、切り出すつもりがなさそうだ。

コーヒーを運んでいくと、男からはおでんの匂いも天ぷらの匂いもカレーの匂いもしなかった。その代わりに湿った、海のような匂いがした。

「しかし東京は存外寒いですな。田舎《いなか》の方が寒いとお思いでしょうがね、東京の方が断然寒さが身にしみます」

男の向かいに椅子を持ってきて座った岬に、男は名刺を一枚差し出した。見ると、肩書きには意外にも弁護士とあり、石川県の知らない町の住所が書かれている。

「今日伺いましたのは、お父様が遺しておられる借金のことについてなんですがね」

岬は耳を疑った。

オトウサマガノコシテオラレルシャッキン？

それから先の弁護士のお喋りは、切れ切れにしか岬の耳に入ってこなかった。

ずっと知りたかったことが、でも自分からは決して尋ねていけなかった消息が、今、目の前につきつけられている。

それはあまりに不意打ちで、しばらくの間、岬は呆然《ぼうぜん》としていた。

気がつくと弁護士は、テーブルに広げた書類を指しながら、威圧的な態度で借金の返済を求めていた。そうかと思えば、急に猫なで声を出し、貸主の家族がどんなに立派な人達であるかを（貸主は既に故人らしい）語りはじめる。

そんな話はどうでもよかった。それよりも、こんな形で突然もたらされた父の消息を、岬は到底信じることができなかった。

「……本当に死んだのですか？」

絞り出した声はとても乾いていて、死んだ、という言葉が喉にひっかかっていた。

私は、もう間に合わなかったのだろうか？

「無論、死亡なさったのかどうかほんとのとこわかりませんがね。いかんせん行方不明になってから八年ですよ。失踪宣告を申し立てることだってできるんです。そしたら法律的には死亡とみなされる。たとえ死んだという証拠が何一つなくてもね」

弁護士の言葉はまるで無意味に聞こえた。だが、それに違う意味を見つけると、岬は小さく息を呑《の》んだ。

「つまりね、借金はあなたに相続されるんですよ」

「借金はもちろん私が払います」

岬のはっきりとした口調に、弁護士は出鼻をくじかれたような顔をした。

「これは驚いた。こう言っちゃなんですけどね、あたしは無駄足覚悟で来たんですよ。だってこの世知辛い世の中、肉親の繋がりなんて、紙より薄いですよ。ほんとに。しかもあなた、お父様とは三十年も前に別れたきりなんでしょう？　最近じゃあね、育ててもらった恩をあだで返すようなひどい人が多いんです。自分達の人生に邪魔になるとね、親だろうと知らぬ存ぜぬですよ。親の方だってわきまえてるんだから。持ってる物がなくなっちゃったら、迷惑にならないようになんて行方くらまして、ホームレスになる人もいるっていうじゃないですか。そんな世の中なのに、ああ、あたしはなんだか嬉《うれ》しいですよ」

弁護士は本当に嬉しそうな笑顔を見せた。と同時に、岬が心変わりをしないうちに、退散すべきだと思ったのか、

「では、すべからくそのように進めさせていただいて」

そそくさと書類を片付けはじめる。

岬は視線を落として長いこと考えこんでいた。

借金を払って、そしてそれからどうすればいいのだろう？

不意に弁護士が、どうでもいい話をするかのように言った。

「さっきあたし、お父様の財産は何一つないって勢いあまっていいましたがね。一つだけあるにはあるんですよ。舟小屋がね」

舟小屋？

心がとらえられ、微かな記憶を岬はたどりはじめる。

「まあ、これがはっきりいって資産価値などまるっきりなくてね。だからこそあなたのところに来た、というわけなんですがね」

もうテーブルの上は片付いていて、弁護士はお愛想とばかりにすっかり冷めきったコーヒーに口をつけた。そしてちょっと驚いた顔をした。

「いや、あなたのコーヒーは実にうまい。あたしだって違いのわかる男です。冷めてもうまいってのは、これ、本物です。料理だって女だってみんなそうです。うちの女房はいつだって食えたためしはありゃしませんがね。いやあ、それにしてもあなたは奇特な方でいらっしゃる。実をいいますとね、あたしが東京に来ましたのは、もう一つ別の用件がありましてね。それがまた酷《ひど》い話で――」

もはや弁護士の話は岬の耳に入ってこなかった。

記憶が色づきはじめ、鮮明になっていく。岬は、あの海を思い出していた。四歳のときに父と一緒にいた、舟小屋を思い出していた。

嵐のような夜だった。波音が激しく、風が舟小屋の戸をガタガタと揺らしていた。小さな両手で耳を塞いでも、暴れ回っている雨や風の音は全然消えない。時々、すきま風が女の人の悲鳴みたいに聞こえた。

寝袋の中で岬はもの凄く後悔していた。

どうしてお父さんと二人きりで舟小屋に泊まるなんてことにしたのだろう?

ママもいればよかった。ママがいれば、どんなに怖い音が聞こえてきたって平気だ。

お父さんは大好きだけど、夜眠るときはやっぱりママがいい。いや、ママじゃなくちゃ駄目だ。

「ママ……ママ……」

寂しくなってママを呼びながら泣き出した。

お父さんは困った顔で岬の顔を覗き込む。

岬は、そんなお父さんを思い切り睨《にら》みつけた。

「ママがいい」

するとお父さんは優しい顔で岬を抱き起こした。岬はお父さんの腕の中でその胸に寄りかかる。髭《ひげ》がちくちくと頭を刺したし、煙草の匂いがして、すごく嫌だった。

どうしたらママのところに連れて帰ってくれるのだろう？

岬は泣き声を嵐に負けないぐらい張り上げた。泣きながら、ちらっとお父さんの顔を見た。

お父さんは優しい微笑《ほほえ》みをたたえたまま、足下のギターを手に取った。そして岬の手を取って六つの弦をいっぺんにジャラーンとかき鳴らした。

波の音や戸のガタガタが魔法みたいにいっぺんに消えた。

岬はびっくりして見上げる。お父さんは優しい顔で岬に笑う。岬も笑った。もう夜なんて怖くなかった。お父さんはジャラーンを続ける。何回も何回も。それがやがて一つのメロディーを作りはじめたとき、岬はぐっすりと眠りについていた。

あくる日、目覚めると、岬の目の前にはお父さんの顔があった。

お父さんは優しい顔で岬に笑いかける。波の音は穏やかで鳥のさえずりも聞こえる。戸の隙間から光が差していて、ホコリがキラキラと列を作って白い光の中を泳いでいた。

岬は、お父さんに「おはよう」と言った。

お父さんの目は潤んでいて、何度か目をしばたたいた。そして声にならないような声で「おはよう」と言った。口元の髭は昨日より濃くなっていて、煙草の匂いもしたけれど、岬はお父さんが大好きだと思った。

外は洗い立ての朝みたいにピカピカのお天気だった。海辺のあちこちに水たまりができていて、太陽がキラキラと反射していた。

岬はお父さんの大きな長靴を借りて水たまりを踏んづけてまわる。太腿《ふともも》まである長靴が脱げてしまわないように気をつけながら、でも、水たまりのところにくると勢いよく足踏みをした。水が跳ね、岬は笑い、お父さんは舟小屋の前でじっとそれを見ていた。

しばらくするとママがやってきた。岬は脱げそうな長靴で駆け寄っていく。

「ママー」

抱きついた岬をママは軽々と抱き上げた。そのとき、長靴がするりと脱げ落ちてしまった。

でも、そんなことはどうでもよくなって、岬は夢中でお喋りをした。夜が怖かったこと。嵐が悲鳴をあげたこと。泣いてしまったこと。

「ママがいなくて寂しかった」

岬はママの首に手を回して抱きついた。首筋のいい匂いにうっとりとして、

「やっぱりママがいい」

ふと、ママの肩越しに、舟小屋の前に立っていたお父さんと目が合った。

お父さんは優しい顔で笑っていたけれど哀《かな》しそうだった。

突然、お父さんと舟小屋、そして海が揺れはじめた。ママが歩き出したのだ。

岬はママの首に抱きついたまま、お父さんから目が離せなかった。

お父さんの顔は優しく哀しい笑顔のまま遠のいていった。


それが、父と過ごした最後の日だった。

父とはもう会うことは叶《かな》わないと悟ってからも、あのときの父の顔が岬の脳裏に焼き付いていた。子供心にも、父を酷く傷つけた気がして胸が痛くなった。会いたいという欲求とは裏腹に、あのときの父の顔を思い出すのが何よりも辛かった。

家族が壊れるのには原因がある。岬は、その原因が自分にあるような気がした。そうでなければ、大好きな人が毎日からいなくなる罰を受ける理由がわからなかった。

失ったのは父だけではない。母との間にもいつのまにか見えない壁ができていた。

母が新しく作った家庭にも（母は二回もそれを繰り返した）居場所はなかった。見かねた祖父母が手元に置いてくれたけれど、そこも本当の居場所ではなかった。

成長するにつれ、岬はできるだけ早く自立したいと考えるようになった。周囲からはクールな子だと言われ続けたが、そうではない。もう、何も失いたくないだけだった。

失うくらいならば、愛するものを持つよりも、岬は孤独を選んで生きる方が楽だった。

結局、舟小屋を目指したのは、東京に春が来て五月の連休も終わる頃だった。

東京から車を走らせて早十時間。水色の車は馬力もない上に荷物を積み込めるだけ積んでいたから、はやる気持ちでアクセルを踏み続けても、スピードはなかなか上がらなかった。

ようやく高速を降り、能登半島を縁取る海沿いの道には出たものの、目的地まではまだ、東京から静岡ぐらいまでの距離がある。半島は思ったよりもずっと広くて長いのだ。

弁護士は言った。死亡なさったのかどうかほんとのところはわからない——と。

その言葉に、岬は小さな希望を持っていた。それが岬を突き動かしていた。

まだ間に合うのなら、私に何ができるのだろう？

あの海で、父を待つ。それが岬にできる唯一のことだった。

弁護士が訪ねてきてからしばらくして、岬は借金を払うために所有していたワンルームのマンションを売りに出した。中古で買った築年数の古い小さな部屋だったが、立地のおかげで需要があるのか、春先になると、買ったときと同じぐらいの金額で買い手がついた。

借金を返すには十分だったし、同じようなマンションを借り直したとしても四、五年分の家賃が払えそうな額が残った。

だが、岬は近くにマンションを探したりはしなかった。代わりに、焙煎の修業時代、同期だった仲間達に連絡をつけ、休業する間に大口の顧客を引き受けてもらう先を探した。個人客達にはしばしの休業と移転を知らせた。

一度離した客達が戻ってきてくれる保証なんてどこにもない。

それでも岬には、良い豆と腕さえあれば、どんな場所でもやっていける自信と勝算があった。今は流通が発達している。立地のハンデは一掃されているのだから。

ハンドルを握りながら海に目を凝らす。春の日本海は洋々としていて、どんなに車を走らせても表情を変えなかった。思い出に繋がる風景はまだ見つからない。

小さな集落をいくつか通り過ぎるとそこから先、民家はぽつんぽつんとしかない。それらはみんな廃屋で、人影はおろか、この道を行くのは岬の車一台きりだ。ゆるいカーブを曲がったところでようやく黒い車一台とすれ違っただけで、その他に行き交う車はない。

道路脇の錆《さ》びた看板が二キロ先に民宿があることを謳《うた》っていたが、宣伝効果はまるでなさそうだった。

遠く、前方の高台に、その民宿らしき建物が見えてきた。

随分前から黙り込んだままのカーナビが、目的地ポイントを海の上に残したまま、突然声を上げ、

「目的地周辺につきルートガイドを終了します」と、ナビゲーションを終えた。

そこは、さいはての海だった。

2　彼女たちの憂鬱

月曜の朝も金曜の夜も嫌いだ。もっと嫌いなのはだらだらと続く長いお休みかもしれない。どうせやってくるのなら、決まりきった明日の方がいい。その方がやり過ごすのが楽なのだから。

小学三年生の有沙《ありさ》は、どうにかやり過ごしたゴールデンウィーク最終日の午後に、二階の窓辺で頬杖《ほおづえ》をつきながら、ぼんやりと海を眺めているしかなかった。波はいい。止まっているときがないのだから。波を見ていれば確実に時間が過ぎていくことだけはわかる。

傍では弟の翔太《しょうた》がごろごろと寝転がっている。民宿の客室だった十二畳が、襖《ふすま》を外して三間続いている部屋なので、元気がいいときの翔太は馬鹿みたいに端から端まで転がっていく。今はただ、力なくごろごろしているだけで、有沙の傍を離れようとはしない。

二人の母親はもう一週間以上帰ってきていなかった。家の中はすっかり秩序をなくし、おまけに姉弟《きょうだい》はお腹をすかせていた。

ついさっきあの男が帰っていったので、すぐに下に降りてみたけれど、やっぱり食べ物は何一つ残っていなかった。

「まずい」と、翔太が何かを吐き出した。

有沙は驚いて翔太を見る。

「何食べたの？」

「ベビースター」

畳をほじりながら翔太が答えた。

聞くだけ馬鹿だった、とばかりに有沙は肩を落とした。翔太は小さな頃からなんだって口に入れる子なのだ。カリカリした鼻くそはポテトチップスで、綿ぼこりは綿菓子、茶色のクレヨンはチョコレートといって舐《な》めていた。小学一年生になった今だって変わらない。でも、今、有沙はいつものように翔太を馬鹿にすることはできなかった。それぐらい有沙もお腹をすかせていたのだ。

おばあちゃんがいればな、と有沙は思った。おばあちゃんがいたら、小麦粉とお水で甘いおせんべいを焼いてくれる。お芋のふかしたのでもいいな、そんなことがふと頭をよぎったけれど、有沙は急いで打ち消した。「たら、れば」なんて考えたって何にもならない。何も救ってはくれないし、世界が変わっていくはずはないのだから。

波音に混じり、車の音が聞こえてきた。有沙と翔太はハッと顔を見合わせて、恐る恐る窓の外を見る。見たことのない水色の車が海沿いの道をやってくる。屋根の上にまで荷物を積んでいる変な車だった。

車はスピードをゆるめ、行き止まりの、海辺に建つ古びた舟小屋の前で停まった。きっとどこかから迷い込んできたのだろう。年に二、三回そんな車がやってくる。

それより、あの男の車ではなかったことに、有沙と翔太はほっとしていた。

「どっかいこうか？」

何気ない有沙の提案に、翔太は元気よく「うん」と飛び起きた。

有沙はしまったと思った。翔太はきっとスーパーに行くつもりだ。二人は何も買えやしないというのに。


こんなだっただろうか？

舟小屋を目の前にして岬は首を傾《かし》げた。

たどり着く前は、もっと劇的な感情が生まれるような気がしていたのに、舟小屋は海辺に建つ古びた小屋でしかなかった。傷んではいたものの、風雪に耐え、時の経過に耐え、何を呼び起こすでもなく、ただそこに建っていた。

南京錠の鍵がかかっていたけれど、戸自体が腐っていて、留め金を簡単に外すことができた。重たい木戸に手をかけて渾身《こんしん》の力をこめる。何度か突っかかった末に、ようやく戸が開いて、舟小屋の中に光が届いた。

中の様子も記憶とはだいぶ違っていて、物置と化していた。父が漁具の手入れをしていたスペースも、二人で寝袋を広げたスペースもない。そこにあるのは、埃《ほこり》をかぶり、時間の中に取り残された、不要の物ばかりのようだった。

岬は足を踏み入れてみる。

ふと、一角で岬の足が止まった。驚いて声をあげそうになる。暗闇の中に白いゴム長靴が一足立っていた。それは少しの乱れもなく揃《そろ》えられていて、まるで屋上や線路に遺された靴のように、持ち主の旅立ちを強く連想させた。不安な影が心をよぎる。それでも岬には、長靴が決して諦めてはいないように見えた。再び主に履かれる日がくることを、ひっそりと待ち続けているように思えた。

あの日、脱げ落ちた父の長靴はこんなに小さかったのだろうか？

岬は、思わず長靴を履いてみる。靴下を通しても、冷たさが心臓の方まで駆け上がってきた。履いてみると、父の長靴は、変わらず大きかった。冷たく堅い靴底で、岬の足は自由を感じる。もう、不安な影は、出てこなかった。しばらくの間、岬はぶかぶかで脱げそうな足下を見つめながら、子供の頃のように歩きまわった。

それから床下を開け、はしごを降りてみた。舟小屋は二段構えになっている。陸の方から見ると海に面して平屋の小屋が建っているだけのように見えるが、海側は一段下がっていて、もう一つ屋根だけの小屋が繋がっている。その下に舟が仕舞えるようになっているのだが、やはりそこに父が持っていた木造の舟はなかった。

人生のどこかのタイミングで父は舟を手放したのだろう。そしてゆたか丸という漁船に乗るようになった。その船が海から帰ってきていない。長い間、帰ってきていない。

私はここで本当に父を待つことができるのだろうか？

岬は自問してみる。

記憶と現実の間には、三十年の月日が横たわっていた。帰ってきた、という実感すらわかない。ここは半島の先端で、これより先、行きようのないさいはての地だった。

でも、ここより他、私が父を待つ場所はない。

岬は、決意を新たに立ち上がった。

ふと、高台にある民宿の看板が目に留まる。意外なことに空き家ではないようだった。二階の窓が開いていて、人が暮らしている気配がする。寝袋などの準備はしてきたけれど、改装工事が終わるまで、あそこに泊めてもらうのも悪くないな、と岬は思った。

民宿のある高台と舟小屋のある浜とは、斜面に作られた階段で繋がっていた。岬は、芝の生えた浜を突っ切ると、階段を上り、民宿の入口に立った。

ガラス戸から中を覗いても、民宿が営業中か休業中かの判断はつかなかった。雑然とはしているものの、調度や間取りの感じは民宿そのものだったからだ。

ガラス戸を叩《たた》いても誰も出てこない。岬は勝手に戸を開け三和土《たたき》に立った。「こんにちは」と奥に向かって何度か声をかけたが返事は返ってこなかった。下駄箱の横で客用のビニールのスリッパが重なって、ヘビのようにうねったまま埃をかぶっている。壁に貼ってあるバスの時刻表もだいぶ前のものだ。それでも確かに人の生活の気配がある。応接セットのソファーに転がっている子供のおもちゃと丸まった靴下が、住人の存在を物語っていた。

岬は目についた呼び鈴を押してみた。どこかの部屋でブーッとブザーが鳴ったようだった。

突然、「あんた、誰? 何してんの?」と背後から女の声がした。

岬が振り向くと、そこに、東京で見かけるようなギャル風の若い女が立っていた。目鼻立ちのハッキリとしたすらりとした女で、長い髪を胸の辺りでふわふわと巻いている。岬よりも随分背が高く、丈の短いワンピースからほっそりとした生足を覗かせ、この辺りを歩き回るには向いてなさそうな華奢《きやしや》なミュールを履いていた。手にはブランドもののバッグと、総じてファッションに不釣り合いな、食料品の入ったビニールのレジ袋をぶら下げている。

明らかに不機嫌そうな女は、長い睫毛《まつげ》の下から怪訝《けげん》な目つきで岬をじろじろと見ていた。

「民宿の方？」岬は丁寧に聞いてみた。

女は何かに気づいたように、目を吊《つ》り上《あ》げて言う。

「民生委員だかなんだか知らないけれどね、こっちは忙しいの。帰ってよ」

岬は驚いて咄嗟《とっさ》に返す言葉が出なかった。

女は警戒心をむき出しにして、なおも岬を睨んでいる。長い睫毛が微かに震えていて、怒っているというより、むしろ怯《おび》えているのかもしれない。

「何か勘違いしている。私、ここに泊まりたいだけなんだけど」

大きな目を見開いて、女が岬の顔をまじまじと覗き込んだ。その顔は可愛《かわい》らしく、リカちゃん人形だか何かに似ている。

「素泊まりで構わない」

と、岬は真顔で言った。

どういうわけか、その一言で女は完全に腹を立てたようだった。

「はっ？　アンタと話しているのこれ以上無理。とっとと消えて」

岬は外に追いやられ、鼻先でガラス戸を閉められる。

女はミュールをぬぎ捨て民宿に上がると、奥の方へ消えていってしまった。

絵里子《えりこ》は、腹立たしげに茶の間まで行くと、買い物袋とバッグを放り投げた。

「ただいま」は声にはならなかった。

「あーちゃん、翔太」と、子供達の名前を呼んでみるが、返事はない。階段を上って、子供達の姿を探しにいく気力もなかった。足下にはおもちゃが転がっている。食卓の上には食べ終えたカップ麵の容器や総菜の折などがそのまま置いてある。絵里子は散らかっている部屋を見回して、ため息をついた。家に帰ってきたのだ。

金沢から町のバスセンターまでは、特急のバスに揺られて三時間はかかる。その道すがら、このままバスがどこか知らない町まで行ってしまわないかな、と絵里子は時々思った。そう思うのが行きのバスだったり帰りのバスだったりはまちまちだけれども、絵里子がどちらかの終点にたどり着かないことはない。金沢ではキャバ嬢、帰ってくれば二人の子供を抱えたシングルマザー。どちらの現実も、絵里子を離しはしないのだ。

バスセンターからは「北回り」の循環バスを使う。この辺りは車社会だから、バスには大抵年寄りしか乗っていない。年寄り達は乗ってくる停留所が違っても、必ず誰かと知り合いのようだった。バスに乗り込むなり、手を振り合い、近くに席を取り、話し込んだり、笑い合ったり、持っている果物や漬け物を分け合ったりしていた。

絵里子はこのバス特有の匂いが嫌いだった。なんの思い出にも結びつかないのに懐かしい気分になるからだ。それでもバスに乗っている人たちは町の人達に比べて害がない。時々誰もしゃべる相手がいないおばあさんが、絵里子のネイルや洋服をキレイだと褒めてくれることはあるけれど、基本的に、皆、絵里子に無関心だからだ。

町にいるときは、好奇や非難の目にさらされるから、最近ではスーパーにさえ、できるだけ行かないようにしている。今日も特急のバスに乗る前に、金沢で買い物をすませてきた。

それなのに変な女がうちの中にいた。奥の様子を窺《うかが》って、何か問題を見つけ出そうとしているようだった。

「何か勘違いしている」とはよく言ったものだ。ぬけぬけと「ここに泊まりたい」などと言う方が勘違いも甚だしい。

全く人を馬鹿にしている、と絵里子は思った。

ここがかろうじて民宿だったときでさえ、泊まりにくる客といえば、その辺の道路工事にやってきた作業員しかいなかった。

ここにわざわざ泊まりに来る馬鹿がどこにいるのだろう？　海以外はなんにもないここに。絵里子にとっては、できるならすぐにでも逃げ出していきたいところなのに。

民宿の若い女に追い返された後、岬は車を走らせて町に向かった。

ここら一帯の生活用品を一手に引き受けているような大きなスーパーを見つけ、車を停めて買い物をした。

雑貨のエリアから見てまわり、帚《ほうき》やちりとり、軍手の束などをカートに入れていく。電池式のランタンも見つけて買うことにした。売り場に並んでいる何もかもが、東京で売っているものよりも大きいか、或《あるい》は量が多かった。

十日分ぐらいの水と食料品も必要だった。

カートを押しながら、缶詰が並ぶ列にさしかかったとき、岬の足下にみかんの缶詰が転がってきた。岬がそれを拾い、辺りを見回すと、小学生ぐらいの女の子と目が合った。女の子は缶詰を追いかけてきたようで、岬を見るなり立ち止まった。おでこを出したポニーテールの、可愛らしい女の子だったが、表情は暗い。目だけは光を宿していて、射るような眼差しを岬に向けていた。岬が「はい」と差し出した缶詰を受け取ると、女の子は礼も言わずに走って行ってしまった。

岬はスープの缶詰を適当に手に取ってカートに入れていく。それから、お菓子の列に行って、クラッカーとチョコレートを選んだ。他に、水を二ケースとパンとフルーツを買った。一つのカートでは収まりきらず、レジでカートを二つに分けてくれた。

岬が二台のカートを苦労して押しながら、出口へ向かっていくと、ポニーテールの女の子が再び目の前に現れた。女の子はよそみをしながら、小さな男の子の手を引いていて、岬のカートにぶつかってきたのだ。二人はどうやら姉弟のようだった。弟の方は女の子に「お菓子が買いたかった」などと文句を言っている。

岬は「大丈夫？」と声をかけたけれど、今度も女の子は無言で、代わりに弟をせき立てるようにして出口の方へ行ってしまった。

そのとき、どこからか「待ちなさい」と低い声が響いた。

すると、女の子が弟の手を引いたまま駆け出した。弟は出口のマットに足をとられて転んでしまい、付近の客達がざわめいている。小太りな女が一人、客達をかき分け二人に近づこうとしていた。女の子は急いで弟を立たせ、持っていたバッグを投げつけると、弟の手を引いて外へ駆けていってしまった。

岬が出口にさしかかったとき、小太りな女がキャンバス地のバッグを検《あらた》めていた。女の手の中に、みかんの缶詰とお菓子の箱が見えた。

町は南北に細長かった。役場などがある町の中心はスーパーから南の方向で、帰り道の北方向には、こまごまとした商店と小さなガソリンスタンドと料理旅館が何軒かあるだけだった。休日のせいか、営業時間が終わっているのか、店はどこも閉まっていて、ガソリンスタンドさえ開いていない。料理旅館だけは暖簾を出していたが、人影は全くなかった。

町のはずれで、ようやく歩いている人を見かけた。それが、スーパーで見かけた姉弟だと気づいたとき、車は二人に追いつき、あっという間に追い抜いた。姿がどんどん小さくなっていくバックミラーの中で、弟の方がしゃがみ込んだ。

岬は、車を止めて様子を見る。女の子は立つように促しているようだが、弟はしゃがみこんだきり動こうとはしない。そのうち女の子も諦めたのか、まったく二人は動かなくなった。夕暮れが近づいてきていた。岬はギアをバックにいれると、小さくアクセルを踏んだ。


有沙は座り込んでいる翔太のしつこさにイライラしていた。

ついさっきまでは、心臓がばくばくして喉から飛び出してしまいそうだった。町のはずれまで歩いてきて、ようやくそれが落ち着いたと思ったら、いつの間にか翔太の「ねえ、ママは？」攻撃が始まっていたのだ。

あんなことをしたのは初めてだった。失敗して初めて有沙は自分のしたことがもの凄く怖くなった。スーパーなんて行くんじゃなかった。もうやらない。絶対にやらない。あんなことをしたのは翔太がお菓子を食べたいなんて言い出したからだ。いや、違う、それは言い訳だ。有沙はそのとき、そうしてもいいような気がしたのだ。そうするしかないような気もしたのだ。

座り込んだままの翔太がねちねちと言い続ける。

「ねえ、ママは今日帰ってくるの？」

ママがいつ帰ってくるかなんて、逆に有沙が聞きたいぐらいだ。

家までの道のりはまだ三十分はあったから、下手に甘い顔をすると甘えん坊の翔太におんぶなどせがまれる。こうなったら根比べが一番いい。有沙は黙ったまま、翔太が立つのを待つことにした。

そこは見通しのいい一本道だった。はるか前方にさっき通り過ぎていった水色の車が停まっているのが見えた。よく見るとその車が少しずつ大きくなってくる。まっすぐにバックしてきているのだ。車は有沙と翔太のところまで来るとピタリと止まった。さっき二階の窓から見えた車に似ていたけれど、屋根に荷物はなかった。

運転席の窓が開き、女が顔を出した。有沙はその女の顔をスーパーで見かけたことを思い出し、どきりとした。

女は「どこまで?」と、聞いてきた。スーパーでのことはまるで関係がなさそうな口ぶりだった。女は確かに大人だったけれど、おばさんではなかった。クラスメートの母親達と同じぐらいの年齢なのかもしれないが、雰囲気は全然違う。〇〇さんのお母さんや、どこどこのおばちゃん以外の大人の女の人を、有沙はこの辺で見たことがない。

女はすかさず「乗っていく?」と有沙に尋ねた。

「知らない人の車に乗っちゃいけないってママが言ってたもん。乗ったら一生ママに会えなくなって殺されちゃうんだって」

有沙に代わって翔太が横から切り返した。

女は、大人達が翔太を見てよくそうするように、目を細めて笑ったりはしなかった。翔太をじっと見据えて、

「それはママが正しいけれど、君、歩けないみたいだから」

「歩けるに決まってるよ。あっちいけ」

翔太は急いで立ち上がると、勇ましく歩きはじめた。

女は歩いていく翔太の後ろ姿をしばらく見ていたが、今度は有沙と目を合わせた。その目が「あなたはどうする?」と、言っているようで、有沙は慌てて翔太の後を追った。

「わかった」

女の声がしたと思ったら、車はあっという間に有沙達を追い抜いて、二人が帰っていく方向へ消えていった。

何はともあれ翔太は歩き出したのだ。春の日の夕暮れに、それだけは、有沙にとっていいことだった。

3　視線の先に

車の中か舟小屋の中か迷った末に、岬は舟小屋の中で眠ることにした。現状のままの舟小屋に、もう一度泊まってみたいと思ったのだ。

ガラクタを隅に寄せて寝るスペースを確保すると、スーパーで買って来た帚とちりとりを使って掃除をした。東京から持ってきたマットと寝袋を敷き、寝床を整えた頃には、もうあたりは真っ暗になっていた。

岬は、ゴロンと寝袋の上に横になる。両手を宙にかざしてみたけれど、目を閉じても開いても何も見えないのは同じだった。代わりに耳は鋭敏になっているようで、波音がより間近に感じられた。まるで、海に舟小屋が丸ごと包みこまれているようだった。睡眠不足と長時間の運転からきた疲れが、岬の体を重たくして、寝袋のダウンの中に沈めていく。波音がさらにその上に覆いかぶさってきて、金縛りにあったかのように身動き一つできない。

思考と体がバラバラになり、だんだん自分がどこにいるか分からなくなっていく中で、岬は、ああ、コーヒーが飲みたい、と思った。途端に体が自由になって、起き上がることができた。

ランタンに明かりを灯《とも》して車に向かうと、コーヒーを探した。ところが、コーヒーは見つからなかった。カセットコンロはもちろん、ポットやドリッパーセットやペーパーフィルターまでは難なく見つかったのに、肝心のコーヒー豆は、いくら探しても見当たらない。東京での岬には、自分のためのコーヒーをパックして荷物に忍ばせる、という考えがなかったのだ。岬は、そのことに苦笑する。コーヒー屋がコーヒーを飲みたいときに飲めないのだ。

頭の中に、東京の店やマンションの小さな部屋や、朝晩に往き帰りした道が思い浮かんだ。これだけ遠く離れたところにやってきて、初めて東京での日々に感慨めいたものを感じる。もう、あそこに戻ることはない。自分を律し、孤独に生きるだけの日々は終わったのだ。これからは、父を取り戻すための毎日が始まっていく。その日々の中で岬は、少しずつ自分を許していけるような気がしていた。

寝床に戻っても、眠るつもりはなかった。岬は舟小屋の中を見回してみる。今から作業を始めれば、明朝、大工達がやって来る前に、中の物をすべて外に出せるような気がした。

ふと、ラジオややかん、脚立などの陰に、何かが突き出ているのを見つける。

近づいてみるとそれはギターのネックで、岬が引っぱり出すと、弦がゆるんだアコースティックギターが出てきた。

もう七時を過ぎたから、そろそろ学校に行かなくてはならない時間だった。有沙はこれで最後にしようと、もう一度、時間割と教科書があっているかどうか、ランドセルを開けて確認した。教科書を揃《そろ》えたり、筆箱を揺らしたり、有沙がどんなに大きな音を立てても、傍らの布団で寝ている絵里子は起きる気配がなかった。

昨日、スーパーから帰ると、思いがけず絵里子が家に帰ってきていた。有沙も翔太もそれが嬉しくて、でも翔太でさえも抱きついていくのを思わず我慢したぐらいに、絵里子は凄く疲れているようだった。疲れて不機嫌なときは目も合わせてくれないし、口数も少ない。絵里子は有沙達に一週間がどうだったかなど聞かなかったし、有沙達もそんな話はもちろんしなかった。

夕飯は絵里子が金沢で買ってきたお好み焼きだった。食事の間、絵里子は片時も携帯を手放さず、メールしているようだった。翔太がたまごのところばかりを食べようとして、有沙と言い合いになったときだけ、顔を上げて少し怒った。それから缶酎ハイを持ってきて飲みはじめた。翔太は絵里子と一緒に寝たがったけれど、絵里子は「ママはまだ全然眠くないんだ」と言って、二本目の缶酎ハイを飲みはじめた。有沙が「おやすみ」を言いに行ったとき、絵里子は誰かに電話をかけていた。でも、誰にも繋がらないようだった。

あの男は午後までここにいたんだよ。

有沙は絵里子の淋《さび》しげな後ろ姿に心の中でそう言ったけれど、絵里子がもっと淋しくなってしまいそうで口には出さなかった。

明け方、絵里子が二階に上がってきたので有沙は目が覚めた。絵里子は少し酒に酔っているようで、何度か寝相の悪い翔太を布団に戻そうとしたけれど諦めて、有沙の布団に潜り込んできた。

有沙は手を伸ばして絵里子の手を探した。途端に絵里子は寝返りを打って向こうを向いてしまった。そのときのまま、朝になっても眠り続けている。

有沙は、ランドセルの内ポケットから給食費の袋を引っ張りだして、絵里子の顔を見る。声をかけようかどうしようか迷ったが、やっぱりかけるのはやめて元に戻すと、起こさないようにそっと部屋を出た。

有沙が下に降りていくと、翔太はもう表に出ていて、民宿前の階段の途中に座り込んで海辺の舟小屋の方を見つめていた。

それはちょっとした異変だった。舟小屋の戸は開いていたし、表にはガラクタの山が出来ている。おまけに、昨日見かけた水色の車も舟小屋の前に停まっていた。

「いつから?」

「オレがきたとき、スデにあんなになってた」

翔太は興味津々で舟小屋に近づこうと階段を下りはじめる。

そのとき、女が舟小屋から出てきて二人の方を見た。

「あっ」と、翔太が有沙を見る。

昨日話しかけてきた女だった。

有沙は、翔太のランドセルをポンと叩き、「行くよ」と、走り出した。


連休明けのクラスは落ち着きがなかった。

三年一組の担任の城山《しろやま》恵《めぐみ》は教壇に立ち、ちゃんとしなきゃ、と気を引き締めた。城山自身、連休ボケしているふしがあったからだ。

この連休中、学生時代の友人達が東京から金沢に遊びに来ていたので、城山も金沢まで出かけて行き、彼女達と久しぶりの再会を楽しんだ。彼女達は皆、東京の会社に勤めていて、田舎に帰ったのも、学校の先生になったのも城山だけだった。

夜はホテルの部屋で、城山がお土産《みやげ》に持っていった地酒を飲みながら語り合った。だいたいが仕事の愚痴で、季節柄、新入社員が全く駄目で使えないという話が多かった。城山にしてみれば、新しく人が入ってくるだけいいじゃないかと思う。この学校には城山が新卒で来て以来、新しく赴任してきた教員はいない。もう三年目になるが毎年同じメンバーで同じ立ち位置だ。城山はいつまでたっても若く、経験がなく、頼りにならない新米教員なのだ。このごろ気持ちが揺らいでいる。果たして自分は教師に向いているのだろうか？　小さい頃からの夢は小学校の先生で、志望動機は子供が好きだから、だったけれど、夢が叶ったと言えるのだろうか？　大体、今は子供が好きだなんて軽々しくは言えない。子供が好きだから、の子供は顔のない子供達だけれども、こうして顔のある子供達を目の前にしていると、それぞれがそれぞれで、とても一括《ひとくく》りなんかにはできない。

城山は出席簿を読み終えると子供達の顔を見回した。さあ、しっかりしなくてはいけない。連休前、授業は計画通りに進まなかった。今のうちに巻き返さないといけない。

その前に一つ仕事があった。

「では、後ろから給食費、集めてきて。高学年にお兄さんやお姉さんがいる人はいいですからね」

城山は子供達に呼びかけた。

後列の児童達が立ち上がり、その列の給食費の袋を集めて城山のところまで持ってくる。

「ありがとう、ごくろうさま、ありがとう、ごくろうさま」

を繰り返すうちに、真ん中の列を担当していた子が城山のところに来て、「山崎《やまさき》さんが」と言った。

クラスの空気が張りつめて、城山とクラスの子供達がほとんど同時に教室の真ん中の席に座る山崎有沙を見た。

有沙は、視線を避けるようにして下を向いていた。

「山崎さん、持ってこなかった？」

聞いてはいけないことを聞くようで、忍びなかった。

有沙は、城山の顔だけ見て小さく頷いた。

城山はすぐに優しい顔を作って、頷きかえした。

「そう、じゃあちゃんと連絡帳に書いておきましょうね」

相変わらずクラスの視線は有沙に向けられていて、有沙は、誰とも視線を合わせないように、今度も小さく頷いた。

そのとき、廊下側の列で男子児童が「おめえ早くしろよ」と怒鳴ったので、クラスの注目が有沙からそれた。廊下側、一番前の席の桜井梨佳《さくらいりか》が机を覗いたり、ランドセルの中を探ったりしている。

「桜井さんも忘れちゃった？」

ストレートな問いかけに梨佳は真っ赤になって小さな声で、

「ちゃんと持ってきたはずなのに」

とうつむいた。

「よく探した？」

持って来られないはずのない子だから思わず城山はそう聞いた。

梨佳は恥ずかしいのか小さくなって、黙って頷いた。

誰かが「盗《と》られたのと違う？」と言った。

またクラスの目が有沙に向けられた。

城山は急いでそれを「ハイハイ、じゃあ桜井さん、もう一度おうちでも探してみてね」と引き取って、

「授業始めますよ。教科書の三九ページを開いて」

黒板にかけ算を書きはじめた。


絵里子が目を覚ましたのは昼過ぎだった。携帯電話に手を伸ばし、ディスプレイを確認する。未読メールがいくつかあったが、待ちわびていたメールではなかった。

絵里子は寝転んだままメールを打つ。あんまり重たくなりすぎないような絵文字入りメールで、『うちにいるよ　いつ会える？　絵里子』とだけ打って送信した。

外はいい天気だった。洗濯をするべきか悩みながら、布団からのそのそと起き上がる。

伸びをして窓の外を見ると、舟小屋の異変が目に留まった。舟小屋には複数の大工達が出入りしていた。最初、絵里子は舟小屋を壊しているのかと思った。でも、よく見ると、そうではないらしい。浜辺には角材を積んだトラックが停まっていたし、寸法を測ったり、印をつけたりする様子が見えたからだ。壊すなら、あんな小屋はものの半日で跡形もなくなるはずだった。

そもそも、浜に人がいるだけでもおかしい。その上、古びた舟小屋をどうするのだろう？

絵里子は怪訝に思って首を傾げた。すると、思いもよらず昨日のあの女が舟小屋の中から出てきた。女は大工達と話しながら、頷いたり首を振ったりしていた。絵里子は、女が泊まりたいと言ったのはこのためだったのかと気づいたけれど、果たしてそれがなんのためなのか、見当もつかない。やがて、話が決まったようで、大工達はそれぞれの仕事にとりかかる。その様子を、腕を組んで見回した女の態度が、絵里子の癪《しゃく》に障った。

大体において、絵里子はああいう雰囲気の女が生理的に嫌いだ。シンプルな服に、年を隠そうともしないナチュラルなメイク。何一つ過不足なさそうで、自信に溢《あふ》れていて、あらゆる選択肢の中から人生を選び取ってきたように見える女。絵里子とは全然、世界の違う女なのだ。

それなのに、一体、こんなところでなんのつもりなのだろう？

不愉快になった絵里子は洗濯もやめにして、布団の上で再び携帯電話に向かった。

その日の夕飯はカレーだった。

「ごはんだよ」の声は沈んでいたのに、夕飯の席で絵里子はなんだか機嫌がよさそうだった。携帯をいじりながら時々笑顔を浮かべている。

カレーの日の翔太はお喋りが少ない。

三人の食卓は静かで、翔太が立てるお皿にスプーンがぶつかる音だけが、カチカチと響いていた。

有沙は、絵里子の顔色を見ながら思い切って切り出してみる。

「ねえ、ママ」

絵里子は気もそぞろに「ん?」と答える。柔らかく甘ったるい響きの「ん?」だった。

「あのね、給食費のことなんだけどね」

携帯に夢中のせいで、絵里子の耳には全く聞こえていない。もう一度言ってみようと有沙がタイミングを窺っていたとき、翔太が口からビローンと玉葱《たまねぎ》を出した。

「汚いな」

有沙が顔をしかめると、翔太はその玉葱を有沙のお皿に載せたから、思わず翔太のおでこを叩いた。

「痛い、何すんだよ」

「ちょっと、何してんの？」

絵里子が携帯電話から顔を上げた。

「有沙がぶった」

「だって翔太が玉葱の汚いのこっちに載せるから」

「玉葱食べないと大きくなんないよ」

玉葱を食べたって大きくはならない気がしたけれども、

「そうだそうだチビ」

と、有沙は絵里子に加勢した。

「チビって言うな、バカ」

悔し紛れに翔太がわめく。

「バカって言ったらそっちがバカなんだよ。バカチビ」

有沙はこういう攻防に負けるわけがないのだ。翔太は泣くに決まっている。最後に泣くからいつまでたっても「チビ」と言われるのに。

ガタガタとテーブルを揺らして唸《うな》っていた翔太は、有沙の思ったとおりに、おいおいと泣き出した。

「いい加減にして。ごはんいらないならあっち行きな」

絵里子が怖い目で声を荒げた。

翔太は涙でぐちょぐちょの鼻水をすすりながら、カレーライスを掻《か》き込《こ》む。

その様子に絵里子は嫌そうな顔をして、有沙の方を向いた。夕食の間で、絵里子がまともに有沙の顔を見たのはそれが初めてだった。

「ママ、あのね」

「あんたも」

もう、機嫌のよさそうな絵里子はどこにもいなかった。とりつく島もなく、有沙も黙ってカレーライスを食べるしかなかった。


岬が知る限りでは、高台の民宿にはどうやら三人の住人がいるようだった。

スーパーで見かけた姉弟、それに、岬を追い返した若い女。それ以外に人の出入りを見かけなかったから、きっと若い女は母親で、三人は親子なのだろう。

子供達は大体決まった時間に民宿を出て、学校へ行く。男の子は昼過ぎに、女の子はそれより二、三時間後に帰ってくる。多分、男の子は一年生なのだろう。黄色い帽子と、ランドセルにかけられた黄色いカバーは、確か東京でも一年生の目印だったはずだ。

時々、子供達の視線を感じることがあるけれど、二人は遠くから見ているだけで、決して近寄ってこない。岬が視線を向けるとふっとどこかに行ってしまうのだ。

若い女はあれきり見かけない。一度、子供達が学校へ行ったすぐ後に、工事の挨拶をしに出向いてみたものの、彼女は出てこなかった。

舟小屋の改装は思ったよりずっとうまくいきそうだった。何より、舟小屋がそのまま使えそうなのがよかった。この辺りの舟小屋は屋根に瓦を使っているから造りがいいんだ、と棟梁《とうりょう》が教えてくれたとおり、基礎をやり直すこともなく、心配していた水回りの増設も問題ないようだった。

地元の工務店も丁度大きな仕事の合間だったらしく、短期間で、人手をかけてやってくれるらしい。

海辺に人が多くいる日中は、波音もおとなしい。職人達が帰り、一人きりになった夜、それは大きくなる。その波音を聞きながら、岬は、一人でできる作業を夜遅くまで続ける。そうやって付き合っていくうちに、波音は生活の一部になりつつあったし、親密になれそうな予感がしていた。

4　希　望

あの人は、ここへ引っ越して来たのだろうか？

学校へ行くときも、帰ってくるときも、女はいつも働いている。夜も遅くまで舟小屋の中に明かりがついていて、何かやっているようだ。

時々、浜辺で煮炊きしている姿も見かける。お鍋をカセットコンロにかけて、スープのようなものを作っていた。食事は舟小屋の横に椅子を持ち出して腰掛け、海を見ながら食べていた。ゆっくりすることはなく、十分かそこいらで済ませてしまうと、すぐにまた作業を始める。

一度、海岸線をぶらぶらと歩いているのを見た。でも、そのときも、暇をつぶしていたのではなく、砂浜の石を拾っていたみたいだ。次の日、工事のおじさんと一緒になって、その石を入口のセメントにはめ込んでいた。

眠るのは車の中らしい。毛布や寝袋が、朝、車の上に干してあることもある。

毎日、毎日、古びた小屋は女の人と沢山の大工達の手で、生まれ変わっていく。でもそれは、有沙の家には関係ない。窓から見える風景の、ほんの一部分が変わったとしても、その他のことは何一つ変わらないからだ。

学校にもこの春、転校生が来た。クラスメートが一人増えたわけだけど、だからといって何一つ変わらない。教室で話す相手が誰もいないのは相変わらずだし、今日も男の子達が追いかけてくる。


梨佳がこの学校に転校してきたのは、この春の始業式からだ。だから友達はいない。といっても、転校前の横浜の小学校でも友達は一人もいなかった。両親が田舎暮らしを決めたのはスローライフを求めてのことだったけれど、理由の一つに梨佳のこともあったらしい。一家は父親の実家の土地の一角に、薪《まき》ストーブのある家を建て、そこに住んでいる。もっとも父親は横浜で環境コンサルタントの仕事を続けているので、二週間ごとの週末にしか家には帰ってこない。父が言うには、半島の真ん中に空港が出来て、東京まで飛行機で行けるようになったから、そういう生活も可能なのだそうだ。

梨佳にはここがいいところなのかどうか正直まだわからない。海はたしかにキレイだけど、梨佳は人工的な横浜の港の景色も好きだった。

ただ、学校にはずっと楽な気分で通えている。転校生なんて注目されて、またいじめられるのかと思ったけれど、そうではなかった。梨佳よりももっと注目を集めている子がいたからだ。

毎日、その子は男の子達に追いかけられている。そうしているのはほんの数人の男の子だけだけれど、クラスの子達もみんな、その子と距離を置いているようだった。梨佳にはクラスの子達の気持ちも分かる。下手に首を突っ込んだりすれば、それがスイッチとなって、今度は自分の番になるかもしれないのだ。

今日も三人組の男の子達が囃《はや》し立てている。

「やまさきありさ。貧乏大臣大大臣、貧乏大臣大大臣、貧乏」みんなでゲラゲラと笑って、変な声で「ビンボウダカラドロボウデス」と言った。

その子は無視して靴を履き替える。

逃がさないようにして一人が「はい、かくほ」とランドセルを摑《つか》んだ。

すかさず別の一人が「触るとドロボウ菌がうつるぞ」と言う。

その子は押さえられているのを振り切って駆け出していく。

「いってー」

「暴力反対！　暴力反対！」

今日も梨佳は「やまさきさん」に一言も話しかけることができなかった。

翔太が学校から帰ってくると、絵里子が茶の間でマニキュアを塗っていた。絵里子は真剣な顔で筆を動かしながら「おかえり」と言った。翔太はその「おかえり」が凄く嬉しかった。茶の間にまだ射していた午後の陽に、絵里子の髪がきらきらと輝いてとてもキレイだ。

翔太はランドセルを放り出して、分厚いコミック誌を取ってくると絵里子の傍に寝転んだ。

「またマンガ？」

絵里子は今度も翔太を見ていなかった。それでも翔太はやっぱり嬉しい。マンガを読みながら絵里子の顔をちらりちらりと盗み見る。絵里子は三色のマニキュアを使い、ネイルをピンクのグラデーションに仕上げようとしていた。翔太は、マンガを読んだまま転がっていって、絵里子の太腿に頭をくっつけた。

「ちょっと、やめて、はみ出しちゃう」

そう言ったけれども、それほど怒ってはいないようだ。翔太はさらに調子に乗って絵里子の太腿に頭を載せた。

「あーもう汚くなっちゃうじゃん」

それ以上塗るのを諦めたのか絵里子は筆を置いた。翔太はコミック誌の下でクスクス笑う。

「もう！」

絵里子はコミック誌を取り上げて、翔太の頬を両手でひっぱった。翔太が吹き出して、絵里子も「変な顔」と、笑い出す。さらに絵里子は容赦なく翔太をくすぐって、翔太は笑い転げた。身をよじって笑いながら、ずっとそれが続けばいいと思った。

そのとき、絵里子の携帯が鳴った。絵里子は携帯に手を伸ばすとメールを見る。一瞬、嬉しそうな笑顔を浮かべると、その後は返信に夢中になってしまった。

翔太は、さっきのように絵里子の太腿に頭を載せる。そうして見上げても、絵里子は「ちょっとどいて、重いから」と言ったきり、携帯電話から目を離さない。翔太の頭は簡単にどかされて畳に落とされた。翔太は、試しに自分で腹をくすぐってみた。おかしくもくすぐったくもない。

なんで今なんだよ。翔太は携帯電話が恨めしかった。

今日は朝から嬉しいことばかりだった。

少し前に岬は、工事にきている職人達の中で一番年が若そうな職人に、町に楽器屋があるかどうかを聞いてみた。若い職人はつっけんどんに「ない」と答え、しばらくして「なんで?」と聞いてきた。岬がギターの弦を張り直したいのだと答えると、「やってくれるやつがいるかもしれないから」とギターを預かっていった。

それが今朝、帰ってきたのだ。弦が張り直され、音が鳴るようになっていた。

午後には水回りの施工も終わり、内装工事は完成に近づいていた。

床は板張りに仕上がり、壁の漆喰《しっくい》と調和して暖かな雰囲気を醸し出している。新たに設えた海に臨む窓と入口の戸にはめられたガラスが、日の落ちてきた午後にもまだ表の明るさを採り込んでいた。たった今、据え付けられたばかりのステンレスの小さな流しも新しさに光っている。ただ、天井とむき出しの梁《はり》だけはそのままで、それがこの小屋の変遷をじっと見守ってくれているようだった。

岬は、満足げに小屋内を見回した。

明日にはカップボードやソファー、コーヒーケースなど、預けておいた大きな家具も届くことになっている。荷物の搬入はそれからにしようと思っていたけれど、ギターと長靴だけはいち早く小屋の中に運び込んでおいた。それらが寄り添うように片隅に立っている。

表から「できたぞー」と棟梁の大声がする。

「はーい」と急いで出て行くと、海の近くに背の高い外灯が立っていた。

この外灯は岬のたっての希望で、これを巡っては棟梁と言い合いになったことがある。

岬はできるだけ海に近く、海に向かって建ててほしいと頼み、棟梁は外灯だったら入口近くに建てるべきだとの主張を譲らなかったのだ。一歩も引かない岬に、棟梁も頑固に食い下がる。

仕舞いには、東京の女の考えることは訳がわからん、誰のための外灯だ、そんな訳の分からないものは自分は作れない、とまで言いきった。

岬は「自分は東京の女ではない、ここの人間だ」とだけ静かに言い返した。

棟梁はちょっと驚いたみたいだった。あくる日、棟梁は黙って外灯を建てはじめた。誰のための外灯か、理解したからだ。

棟梁は「どうお？」とぶっきらぼうに聞いてきた。

「ありがとうございます」

岬は外灯に見とれたままそう答えた。

その一言と表情だけで棟梁は自分の仕事に満足したようで、「今日は仕舞いにするぞ」と、職人達に声をかけ舟小屋から引き上げていった。

岬は外灯の真下に立ち、それを見上げた。辺りがもう少しだけ暗くなったら早速電気を点けてみよう。胸の中の小さな希望が少しずつ膨らんでいく。

東京での二十年近い一人暮らしの日々、夜、家への帰り道、住宅街の門灯が誰かの帰りを待っているようで岬にはまぶしく見えた。明かりのついている家に帰りたかった。明かりを灯して家族の帰りを待ってみたかった。

有沙が学校から帰ってくると、翔太が民宿前の階段に一人で座っていた。翔太は、海の近くに出来た新しい外灯と、その下に立っている女の人を眺めているようだった。有沙も隣に腰掛けて、舟小屋の方を見る。朝、学校に行くときはまだ置いてあった工事用の資材が片付いていて、舟小屋は海辺の小さな家へとすっかり姿を変えていた。

「ママは？」

「出かけた」

「お仕事？」

翔太は視線をそのままに首を振った。その様子で察しがついて、有沙は膝をかかえて顎をのせた。

「あっ、点いた」

翔太の声で有沙が顔を上げると、外灯に明かりが灯っていた。女の人は少しも動かず、ずっと海を見ているようだった。

5　新しい世界

絵里子には今、付き合って一月《ひとつき》ほどになる男がいる。

年は絵里子より一回り以上うえで、車の運転が上手い無口な男だ。

男は最初、金沢で絵里子が働くキャバクラに客としてやって来た。常連客である建設資材会社の社長が連れてきた、幾人かのうちの一人だった。男は明らかに女の子達に興味がないらしく、タバコを吸いながら水割りを飲んでいた。絵里子も何度か水割りを作ってあげたけれど、別の指名が入ったので席を離れた。それぐらいの記憶しかなかった。

次に出会ったのは、千夏《ちなつ》のマンションの近くにあるコンビニだった。千夏はキャバクラの同僚で、金沢での絵里子は彼女のマンションに居候させてもらっている。

その日は千夏と一緒に仕事から帰ってきて、先に、絵里子がシャワーを使った。シャワーから出てくると、千夏が深刻な顔をしていて、彼氏が今からやってくると言う。この彼と別れる別れないを繰り返していた千夏は、すぐに追い返すからちょっと外に出ていてほしいと絵里子に頼んだ。それで仕方なく絵里子は近所のコンビニで時間を潰していたのだ。

一時間経っても千夏から電話はかかってこなかった。絵里子は髪の毛も半乾きのまま、着ているものも部屋着にコートを羽織っただけなので寒く、おまけに店頭の雑誌もあらかたページをめくってしまったので、途方に暮れていた。

そこへ男がやってきた。目が合い、互いに見覚えのある顔をした。なんとなく話しかけ、自分がこんな格好をしている状況を言い訳して、絵里子は照れた。無口な男は絵里子の話を、相槌《あいづち》を挟むこともなく聞き、聞き終わると絵里子を車に乗せた。その夜を、朝に近い夜だったけれど、絵里子はその男と過ごした。

男の名前はよく分からない。名前を聞く前に付き合ってしまったし、付き合ってしまってから改めて聞くのも難しく、そのままにしている。メールや電話は直《じか》に繋がっているのだし、会うときは二人きりなので名前を呼び合うシチュエーションはない。ねえ、と呼びかければ十分だし、それに彼は寡黙《かもく》だ。愛や恋や現実を、囁《ささや》き合《あ》うような男ではない。

男が民宿のあの家に初めてやってきたとき、有沙や翔太に何と言って紹介したらいいものかと絵里子は頭を悩ませた。仕方がないのでママのお友達、と紹介した。男は自分から子供達と距離を置いたし、子供達の方も気を利かしているのか「ママのお友達」には近寄ろうとしなかった。絵里子も今はそれでいい、と思っている。この先どうなるかはわからない。でも今は、男とのこの関係が絵里子には必要なのだ。

昼過ぎ、絵里子は男の運転する車で民宿に帰ってきた。海辺はことのほか静けさを取り戻していて、今日は大工達の姿は見えない。代わりに小型のトラックが一台だけ停まっていた。

絵里子は一階の「椿《つばき》」と書かれた部屋に行き、そこで上着を脱いでピアスを外した。床の間と広縁のある、客室の中で一番上等だった部屋だ。

窓から見下ろせる浜辺では、トラックの荷台から重たそうな大きなものを、男達が二人がかりで降ろそうとしているのが見えた。絵里子はその様子を訝《いぶか》しげに見る。舟小屋は、あれよあれよという間に窓や新しい入口が出来て、普通に暮らせそうな一軒の家みたいになっていた。屋根や外壁はほとんどそのままなのに、それがかえって小洒落《こじゃれ》た感じになっている。

絵里子は、新しく生まれ変わった舟小屋の、何もかもが気に入らなかった。訳のわからないものが運び込まれるのも、迷惑な気がしたし、なんだか自分が馬鹿にされているような気がして不愉快だった。そんな絵里子を、男がやって来て後ろから抱いた。

後ろから抱きしめられるこの感覚が、絵里子は好きだ。

絵里子は「ちょっと待って」と、はにかんでカーテンを引いた。

翔太は、学校から帰って来る途中、ヘビの抜け殻を見つけた。

抜け殻は、途中まで帰り道が一緒の雄介《ゆうすけ》が「ちかみち」と呼んでいる、学校近くの山道に落ちていた。ビニール袋をうんと引っぱってできる紐《ひも》によく似ていたけれど、それでもやっぱりヘビと分かる。目の形がリアルに盛り上がっていて、かわいらしい顔をしていたからだ。しっぽの方は途中で切れていたから、完璧な抜け殻ではなかったけれど、精巧なヘビの模様がレースみたいでキレイだった。二人は「ヘビだヘビ」「すっげー」などと歓声を上げて見ていたのだけれど、不意に雄介が手づかみでそれを拾い上げた。そして匂いを嗅いだ。途端に雄介は「うわっ、くさっ」と抜け殻を藪《やぶ》の方へ放り投げた。翔太はそのとき、ちょっと残念な気分だった。絵里子に見せてあげたいと思ったのだ。多分、絵里子は「キモーイ」と悲鳴をあげて嫌がる気がしたけれど、もしかしたら「カワイイ」と喜んだかもしれない。なんとなく抜け殻は絵里子に似ていた。絵里子にも抜け殻みたいなときがある。それでも、絵里子は絵里子で、翔太が大好きな絵里子であることに変わりはない。

雄介と別れてから翔太は、絵里子がもう帰ってきているかもしれないと思った。しばらくお店はお休みだ、と言っていたからだ。

家の近くまで走って帰ってきて、足が止まった。民宿前の階段の下に黒い車が停まっているのが見えたのだ。翔太は階段の下まで行くと、黒い車を睨みつけた。低い車体のボンネットには無数の雨ジミが出来ていて、汚らしかった。

民宿の窓を見上げる。二階の部屋にカーテンが引かれているのを見て、翔太は項垂《うなだ》れた。やるせなく、海の方へと歩いていき、トラックの脇を通って舟小屋の前に出た。女が海辺にやってきて以来、こんなに舟小屋の近くに来たのは初めてのことだった。なんとなく引き戸のガラスから中を覗いてみる。中の光景に、翔太は思わず目を奪われた。

中では男達が小さな機関車を取り囲んでいた。それは小屋の奥にあり、丸い顔が正面を向いている。ボディも顔も色は黒で、煙突はスチール製だ。大きさは煙突まで含めると大体男達の肩ぐらいまである。車輪の部分はカバーがかかっていてよく見えなかったけれど、横の方には計器もついていた。男達はタオルみたいな布で、その小さな機関車を磨きはじめた。なんだか発車の準備をしているようだった。もうじき石炭をくべるに違いないと思ったら、翔太はドキドキして興奮してきた。そのとき、男達の陰から女が顔をのぞかせた。翔太に気づくと女は入ってくるように手招きをする。翔太は慌てて舟小屋から離れると、一目散に駆け出した。

学校からの帰り道、歩いて一時間ぐらいの道のりの半分を、大体毎日、有沙は走って帰る。男の子達が追いかけてくることがあるからだ。小さな川にかかる橋を渡って海沿いの道に出ると、そこらへんから走るのをやめて歩き出す。急いで帰ってもしょうがないし、この先を行くのは有沙しかいないのだ。

それにしてもよく飽きないな、と有沙は思う。ある日、それは始まった。それまではその男の子達とだって普通に話していた。一年生の頃なんか、帰り道が途中まで同じで、一緒に帰る「友達」だったはずだ。それなのに気がつけば「友達」ではなくなっていた。それどころか「友達」なんて一人もいなくなってしまった。有沙はそれが辛いだとか、淋しいことだとは思わない。そう思ってしまったら、絵里子が可哀想《かわいそう》な気がするからだ。絵里子のことを悪くいう人がいる。有沙の家がみんなの家と違うことを理由に悪意を向けられる。そんなことには負けたくはない。誰がなんと言おうと、有沙にとって、絵里子は一番のママなのだ。

突然、「ありさー」と翔太の声が聞こえてくる。

カーブになった防波堤の向こうに、黄色い帽子だけがちらちらと見えた。

有沙は、どうしたのだろう？　と思った。

一年生の翔太は四時間で授業が終わるから、もうとっくに家に帰っているはずだ。それなのに翔太はランドセルを背負ったまま駆けてくる。有沙のところまでやってくると、翔太は息もきれぎれに、

「大変だよ、大変、機関車、トーマスみたいな」と言った。

「何？」

「だから、機関車なんだよ。これくらいの。いいから早く、見れば分かるって」

翔太は有沙の手を引っ張ると、駆け出した。

有沙が翔太に引っ張られて舟小屋の前までやってきたときには、もうトラックはそこにいなかった。舟小屋の中からは聞き慣れないゴーッという音が聞こえてくる。有沙は漂っている香りに気づき、匂いを嗅いだ。初めて嗅ぐ匂いで、焦げたような香ばしい甘い匂いが鼻の奥でする。

翔太が引き戸のガラス窓を指差したので、有沙は中を覗いた。中には女が一人いるだけだった。白いシャツの袖をまくり、腰には黒くて長いエプロンを巻いている。翔太の言うことは確かに本当で、機関車に似た機械に向かって、女は立っていた。ゴーッという音は機械の中で何かが回っている音のようだ。

女は、耳を澄ませて小さな音を聞きわけているようだった。そのうちパチパチパチという音が有沙にも聞こえてくる。すると女が機械の顔の真ん中に突き出ている棒を引っ張って、細いシャベルのようなものを引き出した。それをチェックして元に戻した後、煙突の裏にあるバルブを回した。パチパチする音が治まっていく。女は、機械の脇腹にある、管の繋がったコックレバーを指でトントンと叩きながら、かがみ込んで下の方にある小さな窓を覗き込んだ。

再び、パチパチする音が始まった。今度は、さっきより間隔が短い。細いシャベルを引き出して、女が何度もチェックする。有沙があっ、と思ったのは細いシャベルから焦げ茶の一粒が落ちたときだ。それは下のステンレスのたらいの中に落ちた。女がコックレバーを指で奥に押しやった。

次の瞬間、女は機械の顔の横にあるハンドルを上に持ち上げた。機械の顔が口を開けたみたいに下半分だけ開いて、そこから茶色い粒がザーッと下のステンレスのたらいに落とされた。艶やかな焦げ茶の粒達がステンレスのプールの中で波をうって廻《まわ》りだす。

女は休むことなく、今度は麻袋から白っぽい粒をボールで掬《すく》って秤にかけると、機関車の煙突に入れた。有沙はようやく仕組みが分かってきた。煙突に見える部分は投入口で、白い粒がそこから機械の中に入れられる。それが機械の中で回されているうちに焼かれて茶色い粒になる。

女は火加減やどのぐらい茶色になったかを絶えずチェックしていて、出来上がると、ステンレスのたらいに落とすのだ。女の動きには一つの無駄もなく、その作業は洗練されていて美しかった。それは、有沙が初めて見る「仕事」だった。

二人は完全に魅せられていた。

有沙は女の「仕事」ぶりに、翔太は「機関車」に夢中になっていた。二人とも、おでこと鼻をガラスにくっつけたまま、辺りが暗くなってきたことにも気づかずに、飽きることなくずっと見ていた。

突然、有沙と翔太は、後ろからランドセルを摑まれた。驚いて振り向くと、絵里子が怖い顔で立っている。

「何してんの？」

絵里子は舟小屋の中の様子には目もくれないで二人を問いつめた。

言葉をなくした有沙と翔太に、

「帰るよ」と二人のランドセルを摑んで引っ張っていく。

そのとき、有沙は舟小屋の入口に『ヨダカ珈琲』と書かれた小さな看板を見つけた。

「ヨダカ……」

有沙には珈琲の部分が読めなかった。


気がつくと外はもう日が落ちて暗くなっていた。岬は最後にローストした豆を冷却箱からコンテナに移すと、焙煎釜の電源スイッチを切った。

モーター音が消え、波の音が急に聞こえだす。その波音に交じって外で人の声がする。

「ほら、早く、行くよ。有沙」

岬は表の方を見る。入口の引き戸のガラス窓に、子供二人分の手形と鼻とおでこの跡がついている。外へ出てみると、親子三人が民宿へと帰って行くところだった。岬はその後ろ姿に声をかけた。

「ねえ」

子供達がすぐさま振り向き、その後から母親がゆっくりと岬に向いた。

「コーヒー飲んでかない？」

子供達は岬の誘いに興味を惹《ひ》かれたようだった。けれども、母親は子供達の肩を抱いて向きを変える。そして腰を屈《かが》めて、二人の耳元に何かを囁いた。子供達に、何か言いつけたようだった。

親子三人は歩調を合わせ足早に民宿前の階段を上っていく。

岬はその後ろ姿を見送ると、外灯の下に行き電気を点けた。

どうやらとても嫌われているらしい。でも、そんなことは構わない。さあ、コーヒーを淹れよう。

外灯を見上げながら、岬はふと思った。

そういえば、父はコーヒーが好きなのだろうか？

記憶の中にコーヒーを飲んでいる父は見当たらない。岬は考えを巡らせた。そして唐突に『コーヒー&シガレッツ』というタイトルの映画を思い出した。どんな内容かは全く覚えていなかったけれど、父とコーヒーを結びつけるのには役に立った。岬は、タバコを吸っている父を思い出し、片手にマグカップを持たせてみる。カップはホウロウがいい。そうして思い浮かべてみると、しっくりいっていて、絶対に嫌いなはずはなさそうだ。

外灯の明かりの下、岬は少しだけ嬉しくなって、真っ暗な海に向かって伸びをした。

それから数日、岬は営業再開の案内状を書くのに忙しかった。

案内状には海をバックに舟小屋と外灯を写し込んだ写真を配した。客と向き合えない分、宛先は手書きで一枚一枚丁寧に書いた。

それらを書き終えると、久しぶりに町へと車を走らせた。

6　珈　琲

その日、城山は有沙の家へ行ってみようと心に決めていた。これまで何度も、家庭訪問のためにお母さんの都合のいい日を聞いてほしいと言っていたのに、有沙はなかなか聞いてこない。そこで城山は、何はともあれとりあえず訪ねてみることにした。

昼休みにそう伝えると、有沙は少し時間を置いてから、「ママは仕事でいないと思う」と答えた。それでも、城山は考えを変えるつもりはなかった。帰りの挨拶が終わると、逃げるように教室を飛び出していった有沙に下駄箱で追いついて、連れ立って歩きはじめた。

民宿までの一時間の道のりも、会話があったのは最初の五分ぐらいだった。それも城山が一方的に、天気の話と、庭に出たキジの話をしただけで、有沙はまったく話にのってこない。顔色一つ変えず、ただ、黙々と歩いている。その横顔はどう見ても少女なのに、目には子供らしい輝きがない。大人みたいだ、と、城山は思った。

城山は有沙に聞きたいことがたくさんあった。隣を歩くランドセルを背負った少女が、本当は何を背負い込んでいるのか知りたかった。

でも、なんて聞けばいいのだろう？　何か困っていることはない？　先生何か力になれないかな？　とでも聞くのだろうか。聞いたってなにも答えるはずがない。それに、城山はきっと何もしてやれない自分も分かっていた。

民宿に着くと、有沙は表で待っているように言い残して、中へと入っていった。ガラス戸から中の様子を窺いながら、城山は少し緊張していた。生徒の保護者と話すときはいつもそうだ。ガラスに映っている顔もやはり自信がなさそうで、城山はこれが本当に学校の先生なのだろうかと、顔を曇らせた。

しばらくすると、有沙が一人で戻ってきた。

「いない。仕事だって」

そう言うと「おしごとにいってきます。おかしばっかりたべちゃだめだよ。ママ」と書いてあるメモ用紙を見せた。

「そんな。いつお帰りになるの？」

有沙は首を傾げた。

「いつも、翔太君と二人きりなんじゃないの？」

「……おばあちゃんがいるから」

城山はそれを聞いて少し安心した。

「じゃあ、おばあちゃまにちょっとだけ」

「寝てるから。ちょっと具合が悪いの」

「そうお？　どうしよう？」

「帰ってよ」

と、有沙は民宿の中に引っ込んで、城山の鼻先でガラス戸を閉めた。

「ちょっと、山崎さん……」

城山はガラス戸を何度か叩いたが、もう有沙は戻ってこなかった。

縁側の方へまわってみようかとも考えたけれど、諦めて帰ることにした。そうして、民宿前の階段を下りようとしたとき、水色の車が海沿いの道をやってきて、海辺に立つ小屋の前で停まった。車から降りてきたのは三十代ぐらいのジーンズを穿《は》いた女性で、荷物を抱えて小屋の中へと入っていく。

こんなところでなんだろう？

城山は興味を惹かれながら階段を下りていった。


嘘《うそ》をつくのは嫌だった。

有沙は城山先生との会話の中で嘘にならないように嘘をついた。おばあちゃんは確かにいる。おばあちゃんは具合が悪い。寝ている。それも本当だ。でもおばあちゃんはうちにはいない。病院にいる。

大体、ママは仕事だと言っているのに勝手についてきたりする先生が悪いのだ。

有沙は絵里子のメモを机の引き出しに仕舞った。それはもう随分な枚数になる。いつも文章は同じようなもので、翔太にも読めるようにとの気遣いか、それとも漢字が嫌いなのか、丸っこいひらがなとカタカナだけで書いてある。メモの図柄はアリエルだったりプーさんだったり、さまざまだ。絵里子が仕事に出かけるときはいつも、そのメモとカップラーメンといくらかのお金が置いてある。

有沙は窓から外を見る。帰っていく城山先生の姿が見えた。

驚いたことに、民宿前の階段を下りると城山先生の足は来た道を戻らずに、芝の生えた浜を突っ切って舟小屋の方へと向かった。先生は舟小屋の前で中の様子を窺っている。しばらくすると中から戸が開いて、城山先生は舟小屋の中へと消えた。

あの晩、あの人が誘ってくれたとき、有沙は読めなかった珈琲という漢字が読めるようになった。それを飲んでみたいと心底思った。けれども絵里子は違った。「見たら駄目だよ。あの人は怖いからね」と言ったから、もう絶対に叶わない。

先生は珈琲《コーヒー》を飲むのだろうか?

有沙は、様子を見に行くことにした。

岬が窓外の若い女に気づいたのは、町で買って来た食料品を片付けているときだった。彼女は表をウロウロしていて、入ろうかどうしようか迷っているようだった。

岬は、入口の引き戸を開けて、

「いらっしゃいませ」と迎え入れた。

若い女は舟小屋に入ってくるなり、「うわあ、ほんとに？」と声を漏らした。民宿の女と同じぐらいの若さだが、まるでタイプが違う。姿勢の良さとストレートな黒髪を一つにまとめた清楚《せいそ》な身なりは、堅い職業を思い起こさせた。

彼女はしげしげと小屋内を見回して驚嘆の表情を浮かべたままでいる。

岬が応対に窮していると、

「いや、だって、こんなところにコーヒー屋さん……」と、まだ信じられないようだった。

「コーヒー、試飲していってくださいね」

ソファーを薦めると、岬は、コーヒーを淹れはじめた。

若い女はソファーに腰を下ろしても、相変わらずキョロキョロと小屋内を見回していた。次第に店内がコーヒーの香りで満ちてくると、その香りを深く吸い込んでうっとりとする。

岬は、カップボードから真っ白で大きめのコーヒーカップを選んで、淹れたてのコーヒーを注いだ。

カップを運んでいくと、若い女は恐縮して受け取り、「いただきます」と言って、一口飲んだ。そして、ふーっと大きく息を吐いた。身も心もリラックスしたようだった。

「ああ、私、なんだか癒されます。毎日毎日、仕事に追われてもう疲れ果てちゃって、もう子供なんてわからないって。あっ、私、小学校で教師やっているんです」

岬は、実直そうで人好きのする風貌に、なるほど、と頷いて、

「家庭訪問？」

「というより取り立てというか。そこの民宿の子、あの子だけ給食費が未納なんです。だから、給食費なんて銀行振込にしたらいいのに。持ってこられないのも可哀想だし、盗ったとか盗られたとかすぐそういう話になっちゃうんです」

すっかり打ち解けた様子で話していた若い女教師は、じっと黙って聞いている岬に気づいたのか、慌てて謝る。

「やだ、あたし何喋っているのだろう。すみません、ほんとに……」

岬はなんともないというふうに首を振った。

女教師は、恥ずかしそうにうつむいてコーヒーを飲んだ。

「本当に美味しい」

岬は、間違いなく彼女が新しい『ヨダカ珈琲』の最初のお客さんだと思った。

「あ、コーヒー買います」

「今日はプレゼントさせて下さい」

「そんな」

「初めてのお客様だし、まだ、豆が揃っていないから。挽《ひ》きますか？」

女教師は嬉しそうな顔をして、

「お願いします」

と頭を下げた。

岬は豆をミルに掛け、袋詰めする。

「あの、名前聞いてもいいですか？」

「ヨダカブレンド」

「いえ、あなたの」

「吉田岬です」

女教師はニッコリとして、

「私、城山です。城山恵。また来ます」と言った。

岬は、城山の見送りに外へ出た。何度も振り向いてはお辞儀する城山が、小さくなり見えなくなった頃、舟小屋の陰から民宿の女の子が出てきて岬に近寄ってきた。

スーパーで見かけたときの射るような眼差しを、岬に向ける。

「言わないで」

「ん？」

「ママに。給食費」

「どうするの？」

どうするかなんて考えはないようで有沙は黙ったままでいる。

「盗るの？」

有沙はキッと岬を睨んだ。

「盗ってない」

「スーパー」

有沙は途端に色を失い下を向いた。

「一度やったらみんなそういう風に見るよ」

有沙は顔を上げられないようだった。

「それで、どうする？」

「……お金、貸して」

「お金なんて簡単に借りちゃいけない」

それは、一人で生きていくために、岬が自分に言い聞かせてきた数々のことのうちの一つだった。

有沙はくるりと背を向けると、民宿の方に歩き出した。その背中に、運命を変えられない絶望が見てとれる。

「ねえ、ここで働かない？　ちゃんと仕事をしたら、お金を払う」

有沙が立ち止まって振り向いた。

「そんなこと……本当？」

「試験に受かればね」

岬は作業台に椅子を持ってきて、そこに有沙を座らせた。

透明のドリッパーに真っ白なペーパーフィルターをセットすると、挽きたての豆を入れた。そして有沙の目の前でコーヒーを淹れはじめた。

岬は、口の細い銀色のポットで、ドリッパーに湯を注いだ。湯を含んだコーヒーの粉は、真ん中から白い細かな泡を吹き出すようにして、こんもりと盛り上がった。コーヒーの香りが立ち、ガラスのサーバーにクリアな茶色のしずくがポタポタと落ちてゆく。

岬は、粉が沈みきるよりも前に、真ん中から外側に小さな「の」を書くようにして、湯を注《つ》ぎ足《た》した。それを何度も繰り返す。サーバーに落ちる一滴一滴は徐々に集まって色を深めていく。それでも少しも濁らず澄んだままだ。

有沙は何一つ見逃さないようにして、その様子を見ていた。目も耳も鼻も心も、すっかりコーヒーに惹き付けられているようだった。

一人前のコーヒーを落としきると、岬は、カップボードからうすいグレーのカップ&ソーサーを選んで、それに注いで有沙の前に置いた。

「どうぞ」

有沙はカップに顔を近づけて深く香りを吸い込んだ。そして初めてのコーヒーをゆっくりと味わった。

コーヒーを飲み終えると有沙は岬の顔を見た。

「好き?」

有沙は頷いた。

「じゃあ明日から時間があるときに来て」

有沙の顔がパッと輝いた。

7 幸せ

有沙が海沿いの道を走って帰ってくる。それはちょっと珍しい光景だった。

翔太はちょうど民宿の玄関先で遊んでいたから、走って帰ってくる有沙の姿がよく見えた。回していた独楽《こま》のおもちゃをそのままにして、玄関のガラス戸に吊り下がったカーテンに身を隠すと、笑いを堪《こら》えながら息を潜めた。

有沙が、民宿前の階段を一気に駆け上がって来て、玄関に飛び込んでくる。その瞬間、翔太は「うわっ」と飛び出して有沙を驚かせた。

有沙は翔太には目もくれず、靴も脱がずに三和土《たたき》からランドセルを奥に向かって放り投げた。

「ちきしょー、なんでびっくりしないんだよ」

そう言う翔太をそのままにして、有沙はすぐに表に飛び出していく。翔太も急いで表に出ると、もう有沙は民宿前の階段を駆け下りている。

「ちょっと、有沙、どこ行くの」

翔太に答えることはなく、有沙は芝生の浜を突っ切って、舟小屋に駆け込んでいった。

有沙は三時ぴったりに舟小屋に飛び込んできた。

岬の顔を見るなり、上がる息で切れ切れに「どうすればいい？」と言った。聞けば学校から全速力で帰ってきたと言う。岬は、まず息を整えて、手を洗うように言った。流しで手を洗い終えた有沙のために、岬はリネン棚からサロンエプロンを取ってきた。有沙の腰に巻こうとして、岬は初めて有沙がずいぶん小さいことに気づいた。

腰で巻くサロンエプロンは有沙には長過ぎ、仕方なく胸で巻いたので、まるでチューブトップのマキシ丈ワンピースのようだった。

「これじゃあ大きいね。まあ、しょうがないか」

岬は有沙を作業台へと連れて行った。

「それじゃあね、今日はラベル貼りをやって」

岬は、透明な袋とラベルの束を有沙の前に置いた。見本に二枚貼ってみせ、片方に、手近なコンテナから枇杷《びわ》の葉っぱみたいなスプーンを使って、２００グラム分のコーヒー豆を容れた。

「これはコーヒー豆が２００グラム入る袋なの。豆が入ったときにこういう状態にしたいから、ここの位置にラベルを貼らなくてはならないの」

有沙は見本を頼りに一枚貼ってみる。それは曲がり皺《しわ》が寄ってしまう。

岬は、その袋にも200グラム分のコーヒー豆を容れて、有沙に渡した。

「さっきとどう？」

「……汚い」

「うん、これはいい仕事とはいえない。慣れるまでゆっくりでいいよ」

有沙は集中して丁寧にラベルを貼る。

「うん、その調子」と、岬が声をかけたところで、入口の戸がそろそろと開いて有沙の弟が入ってきた。

「いらっしゃい」

「ちょっと翔太、なんで来るの？　帰ってよ」

「仕事中だよ。怒鳴ったりしないで」

岬がたしなめると、有沙の顔が歪《ゆが》んだ。そのまま仕事に戻ったのでラベルはひん曲がりうまくいかない。

仕事に気分を持ち込んではいけない。そのことを岬はどうやって有沙に伝えたらいいかわからなかった。

「コーヒー豆はね、はるばるアフリカや南米から旅してくるんだよ。ここにはお客さんのところにたどり着く前にちょっと、立ち寄っただけ。だから、私達はお客さんにちゃんと会えるようにしてあげなくちゃいけない。それには私もあなたもきちんと仕事をしなくてはね」

「あなたじゃないよ、有沙だよ。ねえ、有沙」

と、翔太が言った。

有沙は、自分の仕事を再開していた。集中して丁寧にラベルを貼っている。

「有沙は今、仕事している」

「あんなの簡単だ。オレもやる」

「その前に入社試験があるのだけど」

「ニュウシャシケン？」

岬は、翔太には深い藍色のデミタスカップを選んだ。コーヒーを注ぎ翔太の前に置く。

「飲んでみて」

翔太は恐る恐るコーヒーを口にした。途端に舌をパタパタさせ渋い顔をする。

「君にはまだ早いかな？」

「キミって言うな」と翔太が怒った。

「じゃあなんて名前？」

「ヤマサキショウタ」

岬は渋い顔をして喉をならしている翔太に水を出す。その間も作業台では有沙が丁寧に黙々とラベルを貼っていた。

次の日も有沙は息せき切って三時ぴったりに舟小屋へやってきた。岬に言われる前に手を洗い、自然に作業台へ向かった。

「エプロン巻いたら、昨日の続きをやって」

岬は焙煎の最中で、テストスプーンで煎り加減を見ながら有沙に声をかけた。

有沙は作業台の上のサロンエプロンに気づいたようだった。それは昨夜、岬が有沙の大きさにリサイズしておいたものだ。腰に当てて有沙は嬉しそうに岬を見た。

大きさはちょうどよさそうだった。

岬は、ハンドルを引き上げ焙煎釜の前蓋を開けた。冷却箱に艶やかに仕上がった茶色の豆がザーッとこぼれ落ちてゆく。

岬があらためて有沙の方を見ると、有沙もエプロンを巻き、もうすでに自分の仕事にとりかかっていた。

翔太は、このごろ全然面白くない。反対に、有沙がこのごろ楽しそうに見える。と言っても、有沙がにこにこして楽しそうなのではない。大急ぎで学校から帰ってきて、日が暮れるまで舟小屋にいて、夜は早く寝てしまう。その他のところは今までと変わりない。

最初のうち翔太も舟小屋に通っていた。でも「機関車」はほんものの機関車じゃない。中で燃えているのは石炭ではなく、コーヒーの豆なのだ。どんなに眺めていても走り出すことはなかった。

岬と有沙は二人とも黙ったまま、手を動かしている。翔太一人、やることがなく、つまらなかった。

今日も一人、翔太は波打ち際で石を投げて過ごした。波は、翔太の投げ込んだ石を瞬く間に飲み込んで、なかったことにしてしまう。

仕舞いには翔太もすっかりやるせなくなり、座り込んで海を見ているしかなかった。

その日、有沙が、「晩ごはんにしよう」と言っても、翔太は二階から降りるつもりはなかった。階段の下から「カップラーメン何にする?」と聞かれても、翔太は答えようとしなかった。「翔太が好きなの食べちゃうよ」と言われても、勝手にしろと思った。

そのうちタイマーが三分を知らせる音が聞こえた。翔太は仰向けに寝そべって天井を睨む。

有沙が出来上がったカップ麺を盆に載せ、二階へと上がってきた。

「ちょっと、出来たよ」

と盆を翔太の近くに持ってくる。

翔太は畳に突っ伏して、有沙に顔を見られないようにした。

「伸びても知らないよ」

翔太は、手足をバタバタさせて、

「うるさい、うるさい、うるさい。オレ、絶対ママに言う」

「何を？」

「こーひー」

「駄目、絶対言っちゃ駄目」

「言うもんね」

有沙は翔太の腕を摑んで、顔を見た。

「あんたは、ママが家にいない方がいいの？」

「イヤに決まってる」

「じゃあ黙ってて」

「そしたらママずっと家にいるの？」

有沙は大きく頷いた。

翔太はちょっと考えて、「わかった」と言った。そうして、座り直すと、カップラーメンを食べはじめた。

学校で有沙は指という漢字を習った。

学習帳に指を使った言葉を書いていくとき、有沙は、指切り、指わ、指ずもうに続いて、ママの指、みさきの指、と書いた。それらは同じ「指」だけど全然違っている。

絵里子の指はとても綺麗《きれい》だ。ほっそりとしていて、曲がったところがない。爪はいつも長く、形よくしていて、必ずネイルがしてある。淡いピンク色のことが多く、ラメや小さなストーンがキラキラしているときもある。家事には向かない。洗濯物は引っかかるし、玉葱の皮をむくのも一苦労だ。でも、その指が有沙は大好きだ。

反対に、岬の指はしっかりとしている。そんなに手が大きいわけでもないけれど、指は長く節々は太い。爪は白いところがほとんどないぐらい、いつも短く切られている。その指先で、コーヒー豆に混じった小石を見つけると、素早くつまんで取り除く。その指も有沙は大好きだ。

『ヨダカ珈琲』で仕事をするようになってから、有沙は、放課後が待ち遠しくなっただけではなく、勉強もちゃんとやろうと思いはじめた。漢字を知ることも、足し算も、引き算も、かけ算も、割り算も、「仕事」に関係があることに気づいたからだ。

「仕事」の方も覚えることがたくさんあった。コーヒーの名前は原産地になっていて、そのほとんどが有沙にとっては初めて聞く地名だった。地球は丸いということは知っていたけれど、六つの大陸があることもたくさんの国があることも知らなかった。世界はうんと広いのだ。その世界から、コーヒー豆は旅してやってくる。だから有沙は「仕事」を通して、指先でほんのちょっとだけ世界に触れることができるのだ。

「これがタンザニア」

焙煎済みの豆の入ったコンテナを指差して岬が言う。有沙は鉛筆を手にノートに向かっていて、新たにタンザニアという項目を書き込む。

「これはシティローストにしている。ストレートは今、この六種類で、あとはストレートをいくつか混ぜ合わせたブレンドが三種類。ブレンドは」

「ネスカフェゴールドブレンド」

と、翔太の声がする。

翔太はソファーに突っ伏して、顔を隠している。

岬は翔太に、うちのはそんなに格好よくないいんだな、と言ったけれど、翔太は顔を上げようとはしなかった。

中断された説明が再開される。

「ブレンドはね、ヨダカにカワセミにハチスズメ」

「なんじゃそりゃ？」

また、翔太だ。

岬が気にかけても、相変わらず翔太はすぐに顔を隠す。だから、岬も説明を続けた。

「ヨダカはほろ苦さとコクが特徴でね。たとえて言うなら甘くないチョコレートとでも言うのかな」

「チョコは甘いに決まってる」

「うーん、そうとも限らない」

翔太は岬の真似をして、

「うーん、そうとも限らない」と、繰り返した。

「うるさいよ」

見かねた有沙が翔太に言った。

「有沙ばっかり……」

有沙は、気にせずメモを取り続けた。けれども岬は、翔太を無視できないようだった。岬は有沙と翔太を見比べて、ふさぎ込んでいる翔太にもう一度視線を向けた。そして話しかけた。

「タンザニアってどこだか知っている?」

翔太が首を振る。

「アフリカ。コーヒーの農園をね、象がのしのし通ったりするんだって」

岬は翔太の近くに行くと、エプロンのポケットから小石をつまみ出して翔太の手の平に載せた。

「コーヒーに混ざってた。象が踏んだかもしれないよ」

翔太は小さな石ころに興味を持ったようだった。

すると岬は、カップボードから小石の詰まった瓶を持ってくる。

「君には世界の小石を預かってもらおう」

「君って言うな！」

「はい、ショウタ」

翔太は、岬から受け取った世界の小石の瓶を大事そうに抱いた。


明け方でも寿司屋には清潔感がある。

白木のカウンターにも、真っ白な陶器の醬油差《しょうゆさ》しにも、しみ一つない。大将の白衣も和帽子も、まだまだパリッとしているし、その肌は風呂上がりのようだ。そして、ネタケースに収まった魚達も、だれることなく、光ったり、輝いたりしている。

寿司のうまさよりも、値段の張ることよりも、その清潔感の中に身を置くことが、なんとなく絵里子は嬉しかった。

その日、絵里子は仕事上がりに、千夏を誘って寿司屋に来た。帰り道、二人で飲みに行ったり、ラーメンを食べたりすることはある。それでも、千夏と二人で寿司を食べに来たのは初めてのことだった。

「かんぱーい」と、二人は冷えた生ビールのグラスを合わせた。

「おめでとう」と絵里子が言う。

「そうかな?」と千夏が聞く。

「おめでとうだよ」

と絵里子は頷いて、もう一度、千夏とグラスを合わせた。

千夏は「そっか」と、絵里子の「おめでとう」を受け取った。そして、ぐびぐびと生ビールを飲んだ。

「駄目だよ。そんな飲んじゃ。おじさん、あがり一つ」

大将に声をかけると、絵里子は千夏のグラスを取り上げた。

「ちっ。しばらく飲めないのか。まあ、仕方ないか。あたしみたいに馬鹿になったら困るもんね」

千夏はアヒル口で抑揚のない喋り方をする。その喋り方はキャバクラみたいな職業にはあまり向いていない。それでもベビーフェイスと、顔とはアンバランスなグラマラスな体つきで、そこそこに客受けはいい。華奢でキレイで可愛くて、でも深みがないと言われる絵里子と、そこそこ同士、仲がいい。

年は絵里子の方が二つ上で、千夏は二十二歳だが、高校中退の絵里子と違って、短大中退だから、絵里子より少しだけものを知っている。時々、「あたし達が本当にいるべき場所は、まだ見つかっていないのだから」なんて、難しいことを言ったりもする。

その千夏が、熱いお茶にふうふうと息を吹きかけながら、深刻な顔をして言った。

「エリたん。あたし不安だよ。大丈夫なのだろうか？」

その不安は絵里子には痛いほどよくわかる。だから、いつもより元気な声を出して言った。

「あたしなんて十六で有沙産んだんだよ。それに比べたら千夏は全然、大丈夫」

「エリたん、偉すぎ。十六の頃なんて、あたしＶ６おっかけてたよ。ダサすぎ」と、千夏はちょっと自分にうんざりしたように言った。

大将が、ぼたん海老と鯛《たい》の握りを絵里子と千夏に供した。千夏はぼたん海老を一口でほおばって「オイシイ」と言った。それを見て、絵里子は少し安心した。

客はもう二人きりだった。絵里子は、今日は二人で存分に寿司を食べよう、とはりきった。

「おじさん、次、イカとたまごね」と絵里子が言うと、大将が「たまごはたまごだけ？」と聞く。絵里子は大将に頷いた。

「翔太、たまご大好きなんだ。回転寿司行ったらたまごばっかし」

鯛をほおばりながら千夏が「カワイイ」と言う。

絵里子はしみじみと「かわいいよ」と言った。でも、と絵里子は思った。その続きは今の千夏には言えなかった。

千夏は、腑《ふ》に落ちたみたいな顔をして一人で頷いた。

「ん？」という絵里子に千夏は言った。

「あたしね、子供って、恋愛とか結婚とかさ、ほんのちょっとでもね、どっかに幸せの欠片《かけら》があってできるのかと思ってた。だけどそうじゃないんだね」

鯛の握りを口に運ぼうとしていた絵里子の手が止まる。

「でも、あたし頑張るよ。この子はあたしが幸せにしていかなきゃならないんだもんね」と、千夏が言った。

大将が、包丁を入れたたまごを二人の前に置く。

絵里子は、千夏に返す言葉がなかった。

有沙も翔太も幸せの欠片から生まれてきた子ではない。二人がほとんど年子みたいな二歳違いで、同じ男の子供で、その男と絵里子は一度も籍を入れたことがないのを知ると、人は大抵、絵里子のことをバカな女だと思うらしい。絵里子にも言い分はある。それが恋だと思っていた。いずれ愛が生まれると思っていた。彼を失いたくなかったし、絵里子はまだ子供だった。

もちろん子供達二人に罪はない。絵里子は有沙と翔太を心の底から愛していたし、いなければいいのになんて思ったことはない。ただ、二人がいなければ、別の人生があっただろう、と思うことはある。

千夏の言う「あたしが幸せにしていかなきゃならない」なんて気持ちは、心の中を探しても見当たらなかった。日常は、それどころではなかった。大体、有沙と翔太にとって何が幸せなのか、絵里子には全然わからなかった。


有沙は、学校から走って帰ってくると、玄関の三和土からランドセルを奥に放り投げた。そのまま玄関を飛び出して、民宿前の階段を駆け下りようとしたとき、砂浜の方から翔太の「ママー」と叫ぶ声が聞こえた。有沙が驚いて、海沿いの道の方を見ると、帰ってくる絵里子の姿が見えた。

翔太が「ママー」と砂浜を駆け上がってくる。

有沙も階段を急いで下りて、絵里子のところに向かった。

有沙が絵里子の近くまで行くと、絵里子は「ただいま」と言った。

翔太がやって来て、絵里子に抱きつく。絵里子は、有沙と翔太の顔を交互に見ると、

「あーちゃん、翔太、今からお寿司食べにいこ」と言った。

「やったー」と翔太が歓声をあげる。

有沙も嬉しくなって「えっ？　ほんと？」と絵里子に確かめる。

「そうだよ。マグロいっぱい食べていいよ」

「オレ、たまご」

「そういうと思った」

と言って、絵里子は翔太をくすぐった。

翔太が笑いながら町の方へと走り出して、絵里子もその後を追いかける。

有沙も嬉しくなって、二人の後を追う。そのとき、有沙は舟小屋の方を見た。岬がコーヒーを焙煎しているのだろう。煙突から煙が上がっている。心が少し引っ張られたが、有沙は絵里子と翔太の後を追って走り出した。

8　悲しい夜

コーヒーを淹れようとしたけれど、台所中探してもドリッパーは見つからなかった。

仕方がないので、城山はインターネットでドリッパーセットを買った。ついでに湯を注ぐための口の細いホーローのポットも買った。それらが、今日、学校から帰ってくると届いていた。運がいいことに、半年待たされた、お取り寄せのロールケーキも一緒に届いていた。

遅い、一人の夕食後、城山は冷凍庫に保存しておいた『ヨダカブレンド』を取り出して、コーヒーを淹れはじめた。

「あら、いい匂い」

と、母親の富子《とみこ》が肉付きのいい体を揺らして台所へ入ってきた。

「でしょう？　美味しいんだよ、このコーヒー。ちょっと飲んでみる？」

富子は「やめとく、やめとく」と、首をぶんぶん振った。ほうじ茶を飲んでも眠れない富子は、コーヒーなんてとんでもないのだ。

「あんた、おやかんにお湯、まだある？」

「ある」

富子は病人用の水差しに湯を入れると、盆に薬を並べはじめた。

その隣で城山は、トレイの上のカップにコーヒーを注ぎ、冷蔵庫からロールケーキを取り出して丸ごと皿に置いた。

「あんた、それ、まるまる？」

呆れて富子が聞く。

「悪い？」

「太るわよ」

肉付きのいい富子にそう言われると、家族の中でただ一人痩せている城山も、未来の自分が想像できるようで恐ろしくなる。でも、仕方がない。半年も待ったのだし、頑張っている自分へのご褒美なのだから。

「いいんですー。ストレス発散なんだから」

クリームのついたセロファンを舐めながら城山は漫然と言う。

「ああ、やだ、大丈夫かしら？　あんたに教わる子供達」

「ご心配なく」

「それで、あの子、どうなった？」

興味津々の目で富子が聞いた。

城山は少し嫌になる。

「母親がうんと若いんでしょ？」

「だから何？　あのねえ、あたしは、若い上に子供もいないから駄目だって言われてるの」

城山はコーヒーとケーキを載せた盆を持って、逃げるように台所を飛び出した。

「まったく、お母さんの時代とは違うってのよ」

自室でロールケーキにかぶりつきながら城山は思った。

富子はその昔、小学校の先生をしていたことがある。城山が生まれる前の話だから、四半世紀前の話だ。

その後、子育てに追われ、舅《しゅうと》を看取り、今は病気の姑《しゅうとめ》の面倒を見ている。城山はいつでも朗らかな富子を偉いと思う。でもその経験は全然、城山の直面している「今」にあてはまらない。

城山のもたらすニュースは、ずっと家で生きてきた富子にとってはワイドショーみたいなものらしい。反応が俗っぽい。それなのに、城山には仕事の愚痴をこぼす相手が富子しかいない。そんな自分もほとほと嫌になる。

半年も待ったロールケーキは美味しいけれど、感動的なほどではなかった。カップに手を伸ばしてコーヒーを飲む。目をつぶって香りを吸い込むと、もやもやしたものが晴れていく気がして、ふーっとため息が漏れた。

テーブルの上には書き上げなくてはならない書類や、読みかけの、いじめやネグレクト関連の本が山となっている。それらが城山に別のため息をつかせた。

城山はそれらを横に押しのけると、埋もれていたノートブックパソコンを開いて『ヨダカ珈琲』を検索する。ずらりと検索結果が表れ、そのうちの一つをクリックした。それはネット上の噂《うわさ》話が集まる掲示板だった。

≫東京、世田谷にあった『ヨダカ珈琲』、どなたか閉店の理由知りませんか?

≫突然の閉店であのコーヒーがもう飲めないなんて悲しすぎる。私も知りたい!

≫今でも瀬田のレストラン『エメ』なんかで飲めますよ。残念ながら小売りはしていないみたいだけれど

≫えー? 生きてたの? ヨダカなんて名前だからてっきり夜逃げで最悪のパターンを想像してました

≫『ヨダカ珈琲』営業再開しましたよ。先週だったかな? DMもらいました。だけど場所が石川県。地図で見ると熊手みたいに伸びた能登半島のほんと、先端

≫やっぱ夜逃げじゃん

≫なんでそんな極地?

>>えー。なんかミステリアスで素敵!!
城山はコーヒーを飲みながら、ディスプレイに目を凝らす。

スクロールしても投稿は延々と続いていた。

『ヨダカ珈琲』がオープンして以来、人が寄り付かなかったさいはての海辺に、宅配便のトラックがやってくるようになった。

トラックは毎日、大体夕方前に集荷にやってくる。生豆の配達があるときは、正午頃にやってきて荷を下ろし、町の方を回って夕方再度、立ち寄ることになっていた。

「これで最後?」

伝票処理を終えた珈琲の包みで一杯になったコンテナを持ち上げながら、宅配業者が岬に聞いた。

「今日のところは」

「毎日増えるね」

「お陰さまで」

「いいねー。あっ、そうだそうだ」

片足を上げてコンテナを支える不自然な姿勢で、宅配業者はウェストポーチから伝票の束を取り出した。

「これ、新しい伝票ね。じゃあ、毎度」

「お願いします」

業者を見送った岬は、伝票を引き出しに仕舞い、有沙を見た。有沙は作業台で、ネームシールにブレンド名をひたすら書いている。

岬は引き出しから封筒を取り出すと、有沙に近づいていった。

「今日はもういいよ」

顔を上げた有沙に岬は封筒を差し出した。

「はい、これ。一週間分」

有沙が不思議そうな顔をする。

「お給料」

と岬が言うと、有沙の顔がパッと輝いた。

「給食費、払える？」

岬が頷いた。

「ちょっと、行ってくる」

エプロンを外して、有沙は舟小屋の外に飛び出していった。

学校への道をこんなに心躍らせて駆けて来たことはない。

有沙は校庭の水飲み場で、ハアハアする息を整えて、水をごくごくと飲んだ。

城山先生は職員室にいた。

有沙が岬から貰《もら》った封筒をそのまま渡すと、先生は「ちょっと待っててね」と言って、事務室に向かった。

放課後の職員室はとても静かで、他の学年の先生達は誰もいなかった。開け放した窓からは清々しい風が吹いてきて、壁に画鋲《がびょう》でとめてあるプリントがパタパタとはためいている。有沙は城山先生の椅子に腰掛けて、先生が戻ってくるのを待った。床をポンと蹴って、回転椅子を回した。回る職員室の景色の中で、口元がゆるみ、笑みがこぼれそうだった。

そこへ城山先生が戻ってきた。

有沙は、椅子の回転を止めて、口元を引き締めた。

「はい、じゃあこれおつり。翔太君の分も確かに受け取りましたって、お母さんに渡してね」

有沙は、お札を大事に折り畳んで硬貨と一緒にポケットに仕舞った。

城山先生が隣の席の椅子を引っ張ってきて、有沙と向かい合って座る。そして、有沙の目を覗き込んで聞いた。

「お母さん、お仕事、忙しいの？」

有沙は頷いた。

「先生」

今度は有沙が城山先生を見つめる。

「仕事ってみんな同じ？」

「どういう意味かな？」

「楽しい？」

「……楽しいだけじゃないわね。大変だし。失敗もあるし、責任もある」

有沙は、いちいち頷いた。

「しまったー、とか、ひょっとして向いていない？　とか、落ち込むこともいっぱいあって……」

「？」

「でも、楽しいわよ。やりがいがある」

城山先生の力強い言葉に、有沙は大きく頷いた。

学校からはスキップで帰った。ポケットの小銭が飛び跳ねて、チャリンチャリンと音がする。下り坂にさしかかって、お腹が痛くなりそうだったけれど、有沙はスキップをやめられなかった。

ママはいつも「お仕事」に行く。有沙も翔太もその先を知らない。でも、先生が言うように、「仕事」はみんな大変だけど、楽しくて、やりがいがあるのなら、よかった、と有沙は思った。

夕焼けで、空が淡いピンク色になっていた。絵里子の好きなマニキュアの色だ。有沙はスキップをやめて、一目散に駆け出した。

駆け足で向かった先はスーパーだった。他の売り場には目もくれないで、アクセサリー売り場を目指す。衣料品と薬局に挟まれた小さなコーナーで、有沙はいつもその前を通り過ぎるだけだった。

指輪の並ぶショーケースにへばりついて中を覗きこむ。

有沙にはキラキラした石は全部ダイヤモンドに見えた。ゴールドのリングもシルバーのリングも目映《まばゆ》い光を放っている。その中でも、ハートをモチーフにしたシルバーの細い指輪が一番素敵だった。ハートの横にくっついている小さな二粒の透明な石が、絵里子にくっつく有沙と翔太みたいでよかった。

有沙は、指輪に隠れるようにつけられた小さな値札に目を凝らす。息で曇ったガラスを指でこすると、4、200円が見えた。完全に予算オーバーだった。有沙は潔く諦めて、ガラスケースから身を離した。

ピアスのコーナーには女子高生がいた。小さな鏡に向かって、耳にピアスをあてがい、どれが似合うか選んでいる。有沙はそれを見て、ピアスもいいな、と思った。有沙が近づいていくと、女子高生が有沙にニコッと笑いかけた。白い歯がこぼれるキレイな笑顔だったから、有沙もつられて、照れた笑いを返した。

その瞬間、女子高生はピアスを制服のポケットに入れた。そして、有沙に「内緒だよ」と囁くと、出口の方へと歩きだす。

有沙はあっけにとられて、棒立ちになった。女子高生の後ろ姿から目が離れない。女子高生は出口まで、走り出すことなく平然と歩き続けた。自動ドアが開いて女子高生が一歩外へ踏み出したとき、その手をどこからか現れた小太りな女が摑んだ。女子高生が短い悲鳴をあげる。二人の小競り合いが続いて、小太りな女が女子高生のポケットからピアスを探し当て、女子高生に突きつけた。

女子高生は、取り乱し、泣きじゃくり、わめきだした。

「私じゃない。私じゃない。あの子が入れたんだ」

思いもよらず、女子高生が有沙を指差した。

小太りな女が振り向いて、有沙と視線がぶつかった。有沙はその顔をよく覚えていた。向こうも覚えていたようだった。有沙は、咄嗟にその場から別の出口に向かって走り出した。

「待ちなさい」

小太りの女が叫んだ。

近くの売り場にいた店員達が何ごとかと集まってきて、有沙は行く手を遮られた。有沙は怖くて震え出す。小太りな女がやってきて、震えているその手を、きつく摑んだ。

スーパーからの帰り道、有沙は一言も口をきかなかった。もちろん、スーパーの事務所でも城山は有沙の声を一度も聞いていない。店側の問いつめに有沙はようやっと城山の名前を出し、それきり黙ったままでいたらしい。

自分の生徒を疑うのは嫌だったけれど、違うなら違うと言えばいいのだ。そうしないのには、やはり何か訳があるのではないか。

城山は有沙の顔を見た。暗くてよく見えなかったけれど、城山が駆けつけたときと同じ、打ちひしがれている様子に違いなかった。

子供にこんな顔をさせるべきではない、と城山は思った。子供はこんな顔をしてはいけないのだ。

それにしても暗い。外灯がほとんどない。この道を、このあと一人で戻らなくてはならないのが思いやられた。それだけに、ようやく高台に民宿の明かりが見えてきたとき、城山は幾分ほっとした。

二人が民宿前の階段の下まで来ると、上の方で小さな人影が動いた。

「帰って来た。帰って来た。学校の先生も一緒だよ」

と翔太が奥に向かって叫んでいる。

しばらくして、表へ出てきたのが絵里子だったから城山は驚いた。

「お電話、したんですよ。携帯に、何度も」

「ああ、あれ、先生？　何度もしつこいからなんだろうと思ってた」

城山は、怒りが込み上げてきて、泣きそうになった。

絵里子は城山がそこにいることを気にもとめない様子で、

「あーちゃん、どうしたの？」

と呑気《のんき》な声で有沙に聞いた。

階段を上ることができないでいる有沙が、城山の隣で項垂《うなだ》れていた。

民宿の古びた応接セットで、城山は絵里子に向かい合っていた。

城山と絵里子は同年代だったから、そうして座っている二人は友達のようにも見えるだろう。けれども現実は、一人の子供の先生と母親という関係で、有沙という子供が存在しなければ、きっと生涯関わり合うことのない者同士だった。

城山がことの一部始終を説明しても、絵里子には、何がなんだかわからないようだった。

「今日の件はほんとのところどうだかわかりません。でも、以前にも同じようなことがあったのは事実みたいです」

絵里子がぽかんとした様子で言葉を失っている。

「学校でも有沙さん、給食費のことで問題になっています」

「給食費？」

「今日、有沙さんに持たせて下さいましたよね？」

絵里子は首を振った。

「そんなこと聞いてなかったから」

「持たせてないいんですか？　じゃあ、あのお金はどうしたんでしょう？」

「ちょっと、待って、全然なんだかわかんない」

「なんだかわかんないって、あなた保護者でしょう？　まだ小学三年生ですよ。ご自分のお子さんが給食費みたいな大金を持っているかいないかわからないんですか？」

「……つまり、こういうこと？　有沙が万引して、誰かのお金を盗っている……」

今度は城山が答えに窮した。

絵里子は焦点の合わない目をしてふらふらと立ち上がる。そして、そのまま表へ向かった。

「ちょっと、お母さん、お母さん。待ってください。山崎さん」

城山はその後を慌てて追いかけた。

有沙は、民宿前の階段に膝を抱えて座っていた。

翔太がやってきて隣に座ったけれど、翔太は何も言わなかった。

有沙は膝の上に顎をのせてぼんやりと海の方を眺めた。舟小屋の明かりが、目にたまった涙で滲《にじ》む。

翔太も舟小屋を見ているらしく、「あっ」と小さな声を上げた。

岬が舟小屋から出て来て、外灯の明かりを点けるのが見える。有沙はTシャツの袖で目からこぼれ落ちそうな涙を拭った。

そのとき、絵里子が階段を下りてきた。

振り向いて立ち上がった有沙の頬を、絵里子がいきなり平手で打った。

「ちょっと、お母さん」

追いかけてきた城山が絵里子を止める。

絵里子は城山に構わず有沙を小突いた。

「何してんだよ。あんた、何してんだよ。言えよ。言いなさいよ」

有沙は、堪えきれずにウワーッと泣き出して、階段を駆け下り、暗闇の中へと走り出した。

仕事が終わり、外灯を点けに外に出ていた岬には、若い女の激しい声が聞こえていた。その後に、有沙がすさまじい泣き声を上げて、暗がりの中を走って行くのも見えた。給料を受け取ったときの有沙からは想像もつかなかったから、岬は心配になって様子を見に行くことにした。

民宿前の階段には人影があって、近づいて行くとそれは城山と翔太と若い母親の三人だった。

「どうしたの？」

「岬さん……」

「先生、どうかしたんですか？」

城山は何かを言いかけたが要領を得ない。翔太に尋ねてみると、翔太は首を振り、頭を抱えて座り込んでいる母親の後ろに隠れてしまった。

岬は三人を順番に見比べた。そして、城山に、

「有沙、給食費払いに行ったんじゃないんですか？」

と聞いた。

若い母親が、不審そうな面持ちで立ち上がった。

「なんであんたが給食費のこと知ってるのよ」

「あの子、うちで働いているから」

「岬さん?」

「あの子、給食費、自分で払いたいって。先生が前にいらしたとき。だったらうちでバイトしたらいいって雇ったの。今日が初の給料日。そしたら学校に飛んでいった」

固まっていた母親の綺麗《きれい》な白い顔が、ぐにゃりと歪んだ。泣き出しそうな顔で岬を睨みながら、

「勝手なことしないでよね。いい? 二度とうちの子にかかわらないで。訴えるから」

そう言い捨てると、階段を下り、暗闇の中に消えて行った。


ピアス、スーパー、万引、給食費、分からないことが絵里子の頭の中でぐるぐると回る。極めつけはあの女だ。

絵里子は、暗い砂浜を歩きながら、あの女がすべて悪いんだ、と決めてかかろうとした。

けれども、道の水銀灯が小さく照らした砂浜に、うずくまって肩を揺らしている有沙を見つけると、有沙が何を考えているのか全然わからない自分に思い当たった。

絵里子は有沙に近づいて、その肩を抱く。

有沙は泣きはらした目で絵里子を見ると、

「ママ、有沙、盗《と》ってない」

絵里子は頷いた。そして、足を投げ出して有沙の横に座り込んだ。

「なんで給食費のことママに言わないの？」

有沙は、少しためらった後に小さな声ではっきりと言った。

「ママに金沢に行ってほしくないから」

絵里子は有沙の手をとると、その手をぽんぽんと叩いた。

「しょうがないでしょう？　ママのお仕事はこの辺にはないんだもん。あーちゃんや翔太のために、ママ、お仕事、一生懸命頑張っているんだよ」

有沙は頷いた。

絵里子は有沙を抱きしめて言った。

「これからはママになんでも言うんだよ」

有沙が頷く。

「それから、あの人のところ、もう行っちゃ駄目だよ。ね、約束」

「……うん」

「よーし」と、絵里子は有沙におでこをくっつけた。

「これで仲直り」

絵里子と有沙は睫毛が触れ合うぐらい近くで見つめ合って笑った。

「でも、あーちゃん」

有沙の耳たぶを引っ張って、絵里子は笑った。

「ピアスはまだ早いよ。穴開《あ》いてないじゃん」

舟小屋では岬が城山のためにコーヒーを淹れていた。

城山はソファーに座り、大変だった一日を嘆いている。

「大体、岬さんも岬さんだ。あの子はまだ小学三年生なんですよ」

「でも、大人みたいにいろいろ考えている」

「そういう問題じゃないんです。労働基準法に違反しているんですよ」

聞き分けのない生徒に言い聞かせるみたいに城山が言った。

「はい」

岬は、ガラスのサーバーに出来上がったコーヒーを二つのカップに分けながら、返事をする。

「でもよかった。お金の出所がわかって。でも、スーパーの件もあるし……。あーあ、もうどうしたらいいんだろう」

岬が城山にコーヒーのカップを差し出す。

「すみません」

「でも、先生。ピアスは違いますよ」

「そう言いきれますか？　スーパーの人、そりゃもう凄い剣幕で、私もう怖くて怖くて」

「先生。初めてのお給料、何に使いました？」

「たしか、父にネクタイ、母にスカーフをあげたかな」

「ね？　私も親が傍にいてくれたならそうしたもの」

岬は、壁際に置かれたギターと長靴に目をやった。

9　近くにいても

学校からの帰り道は雨だった。有沙は傘をさしながらその半分の道のりを、走って帰ってきた。いつもの男の子達が追いかけてきたからだ。

でも、残りの半分は、足取りが重かった。急いで帰ったって、もう仕事に行くことはないのだ。

歩いても歩いても、変わりばえのしない風景の中に、有沙は何一つ面白いものを見つけることはできなかった。若葉が雨を浴びてぐんぐんと大きくなるこの季節が、有沙には色あせて見えた。魔法は終わったのだ。

水を含んだ有沙の運動靴が一歩ごとにキュッキュッと泣いていた。こうなったら小さな水たまりは避けても意味がない。水に映った傘の影を踏むように、有沙は歩いていた。

車のクラクションが鳴り、有沙は顔を上げる。

向こうから、見慣れた配送業者のトラックがやってきた。トラックは水しぶきをあげないように、有沙のところでスピードを緩めた。運転席の窓から、業者のおじさんが有沙に手を振って、トラックが通り過ぎて行く。

有沙は、行ってしまったトラックを懐かしげに見送った。

すると今度は、岬の車がやってきた。

岬は有沙のところで車を止めると、運転席の窓を開けた。

「元気?」

降りこむ雨も気にしないで岬は言った。

有沙は傘の中で頷いた。

「おじさんが、荷物一つ積み忘れちゃって」

有沙は頷いた。

「いつでも遊びに来ていいよ」

有沙は首を振る。

「そうか」

「追いつかないよ」

「うん。行くね」

岬は窓を閉めて、車を発車させた。

有沙は岬の車を見送った。見えなくなっても、ずっと見送っていた。

あの日から絵里子はうちにいた。もともと仕事を休みにしていたのか、休みをとったのか、有沙には分からない。

「これからは、ママになんでも言うんだよ」と、絵里子は言った。

でも、有沙は、何にも言うことがなかった。

本当は、覚えた国の名前だとか、焙煎釜で豆のはぜる音がどんな風に聞こえるかだとか、シティローストの豆の色が一番好きな茶色だとか、そんなことを絵里子に話して聞かせたかった。そして、ママは嫌っているけれど岬はいい人だと言いたかった。でも、言いだせなかった。

三人で囲む食卓でも喋っているのは翔太だけだった。

翔太は持ってもいないDSの話や、学校で仕入れてきたくだらないギャグを言っては一人で笑った。

絵里子は煩《うるさ》そうにしていたけれど、怒りだしたりはしなかった。でも、絵里子の心はそこにはなかった。

ごはんを食べながら有沙は、一緒にいても、ママが金沢にいるときみたいだ、と思った。


目が覚めたとき、隣で寝ていた絵里子が布団を抜け出すのが見えた。まだ外はうっすらとしか明るくなっていなかったから、たぶん五時ぐらいなのだろう。翔太は、寝返りを打って布団の外に転がっていたけれど、ぐっすりと寝ているようだった。

それからしばらくして、表で車の音がした。ドアがバタンとしまる音が聞こえて、有沙は布団の中で身を縮めた。玄関の戸がカラカラと開き、何を言っているかはわからなかったけれど、絵里子の話し声が聞こえた。

軽い足取りで絵里子が二階へと上がってきたので、有沙は急いで寝ているふりをした。絵里子はリップクリームだか、ローションだかを取りにきたようだった。

絵里子が行ってしまっても、有沙はそのまま布団の中にいた。太陽が昇ってきても、有沙は起きることはしなかった。学校に行くギリギリの時間になるまでそうしていて、それから翔太を起こして学校の支度をさせた。

翔太は、家を出るまで、男が来たことに気がつかないようだった。

民宿前の階段を下りようとしたとき、翔太の足が止まった。階段の下に停まっている黒い車を見つけたのだ。

「……あいつ、いつ来たの？」

「朝早く」

翔太が、有沙の顔を不安そうに見る。

「今日、ママ、おうちにいるよね？」

「……たぶんお仕事」

翔太が、有沙の手を強く握ってきた。

「行こう。遅れちゃうよ」

有沙は、翔太の手を引いて学校へ向かった。


久しぶりにぐっすりと眠れた。頭の疲れと体の疲れがやっと一致したのだろう。絵里子は男の腕の中で充足感を感じていた。

もう起きなくてはいけない時間だった。日は随分と高く、窓辺に小さな午後の影が出来ている。今日は出勤することにしていたから、そろそろ金沢に行く支度をしなくてはならなかった。

絵里子は、寝ている男の髪を触り、耳たぶをなでた。男は顔を歪めて少しだけ身をよじらせた。耳の裏の窪《くぼ》んだところにほくろがある。小さな発見に絵里子はちょっと嬉しくなる。彼を起こそうと、もう一度体に触れてみたけれど、やっぱりもう少し寝かせてあげようと思い直し、一人で布団を抜け出した。

シャワーを浴びて、服を着た絵里子は、サインペンを手に食卓に座った。スポンジボブのメモ用紙に、丸く、形の悪い字が並びだす。

あーちゃん

しょうた
おしごとにいってきます。
にちようにかえってくるからいいこにしていてね。　ママ

サインペンにふたをすると、ブランドものの長財布から千円札を抜き取る。ちょっと考えて、もう一枚増やした。それでも足りないような気がして、結局財布に入っていた千円札全部を食卓の上に重ねてメモを載せた。全部で五枚になった千円札は、新札じゃなかったから、メモ用紙の下でもわっと膨らんだ。傍に落ちていたミニカーを拾い、重しにした。

それだけやり終えるとバッグから化粧ポーチと四角い大きな鏡を取り出し、メイクをはじめる。

絵里子が唇にグロスを塗りかけたとき、Tシャツにワークパンツ姿で男がやってきた。男は食卓に座り込んで煙草に火を点ける。

「おはよう」と、唇をティッシュで押さえながら絵里子は言った。

男は煙を吐いただけだった。

「来てくれてありがと。最近、いろいろあって落ちてたから嬉しかった」

男は煙を吐きながら「うん」にもならない返事をした。

「金沢まで乗っけてってくれる?」

「ああ、直接現場行くから無理」

「そっか、じゃあ、バス乗らなきゃだ」

絵里子は、メイク道具を急いでポーチにまとめて、バッグに放り込んだ。

「ごめん、先に出るね。あ、煙草持って帰ってね。翔太がイタズラすると困るから。前に金沢でぼや出しちゃって大変だったんだ。あんときはまだ四歳だったけど」

「ん」

絵里子は、男の傍まで行くと、キスをしてギュッと抱きしめた。

「また来てね。日曜に戻っているから」

絵里子が出て行っても男はその場を動こうとはしなかった。煙草が短くなると、火も消さず、灰皿に放り込んだ。そうやって何本か吸っているうちに、灰皿もくすぶった灰で白い煙を上げていた。

男はミニカーを指で弾《はじ》き飛ばした。ミニカーは勢いよく茶箪笥《ちゃだんす》にぶつかり、プラスチックが割れて壊れた。自然と絵里子のメモはどこかに飛んでいく。むき出しになった五枚の千円札は、丸めて胸ポケットに突っ込まれた。

それから男は手近なカップ麺を手に取ると、外側のフィルムを剝がしはじめた。

有沙は、帰りの会が終わると、いつものように教室を飛び出した。階段を駆け下りて下駄箱まで来ると、朝、約束したとおりそこで翔太が待っていた。靴を履き替え、「行こう」と、翔太の手を引いて走り出す。

後ろから男の子達が「マルオカスーパー、マルオカスーパー」「ドロボウが逃走中！」などとわめいていたけれど、今日は追いかけてくるのを諦めたみたいだった。それでも用心のため一応走る。学校前の坂を下り、普段は右に折れるところを左に行った。そこにバス停がある。二人はそこでバスが来るのを待った。

二人きりでバスに乗るのはこれが初めてだった。

乗車口で整理券を引き出すと、翔太は二人掛けの窓側に座って外を眺めた。有沙は翔太の隣に腰掛けて、フロントガラスの上の電光掲示板から目が離せない。電光掲示板は次の停留所の名前と、番号で分割された運賃を表示している。有沙は整理番号と同じ5番の枠の中の数字を見つめていた。

運賃は、停留所ごとに小刻みに上がっていく。バスに乗ってから随分と時間が経って、1番や2番の枠の中が1000を越えはじめたので、有沙は少し不安になった。ランドセルを開けると、時間割を入れているポケットに手を突っ込んで、千円札を三枚引っ張りだした。給食費のおつりのお札だけ、そこに隠しておいたのだ。

ようやく次の停留所が「総合病院前」とアナウンスされると、有沙はほっとした。5番の数字は１２６０で止まりそうだった。

「次降りるよ」

と、有沙は翔太に言った。

「押していい？」

翔太が聞く。

有沙が頷くと、翔太はバスのブザーを押して鳴らした。

総合病院は大きな病院だ。ロビーにはたくさんの椅子が並び、大画面のテレビがある。外来の時間も終わっていたせいか、人影もまばらで、広いロビーにテレビの音だけがいやに大きく響いていた。

有沙と翔太は病室が分からなかったので、「受付」と書いてある机に行って「やまさきゆきこ」の名前を出した。

座っていた事務員の女が二人を見て、

「二人きりで来たの？」

と聞いた。

その聞き方に咎《とが》めるようなニュアンスを感じた有沙は警戒する。

翔太が、頷いて、

「おばあちゃんに会いに来た」

と言ったら、女は「そうお」と言って、どこかに電話して由希子《ゆきこ》の病室を探し当てた。

「案内しますからね。その前に手洗いとうがいをしてね」

女は席を立って、案内に出た。

「小学生以下のお子さんはね、病院の中どこでも行っていいってわけではないのよ。だから、本当は保護者の人と一緒に来てほしいんだけど」

有沙は、聞こえないふりをした。

「よく二人で来たわね。おばあちゃん喜ぶわね」

と言って、二人に目配せをした。

有沙と翔太が病室に入っていくと、由希子はベッドに身を起こしてかぎ針でアクリルたわしを編んでいた。ベッドテーブルの上には色とりどりのアクリルたわしがたくさん入った箱がある。

由希子は、二人を見るなり、

「まあ」

と目を見張り、たちまち破顔する。

由希子はもうじき六十だった。もともと線の細い美人顔だったけれど、薄紫のパジャマのせいなのか、家にいたときよりもさらに痩せてしまったように見えた。

翔太はランドセルを由希子に見せる。これは由希子が買ってくれたものなのだ。去年の冬に一緒にお店に見に行って、春先にランドセルが届いたときには、由希子は既に入院していたから、翔太が実際に背負っているのを見たことがない。

翔太は、背負っている姿を見せ、下ろしては中を開けて機能を説明し、中に入っているものを全部出しては入れてみせたりした。

由希子は「まあ」だとか、「へえ」だとかいちいち感心して、「まあ、ショウちゃんが一年生だなんて」と、何度も言った。

同室の患者二人も集まってきて、翔太のランドセルを見る。茶髪でショートカットと黒髪でパンチパーマの、由希子より随分年上の女達だ。翔太は、新しいギャラリーにも同じ説明を繰り返して、感心を集めていた。

由希子が翔太を見ながら少し涙ぐんでいた。

「ごめんね。なかなか帰れなくて」

と、有沙に言う。

有沙は首を振った。

「早く治ってね」

「ごはんどうしてる？　困ったことない？」

有沙は、点滴の痕がいくつもある由希子の痩せた腕を見た。

「大丈夫だよ」

「ママ、どう？」

「元気だよ」

ようやく翔太が、ランドセルの店じまいをして、由希子のベッドに上がり込む。

「由希子さんいいね、こんなカワイイ孫がいて」

茶髪の方が言った。

「孫じゃないの」

と、由希子が笑う。

「へ？」

「孫じゃなくて、ひ孫」

訳知り顔でパンチパーマが口を挟む。

「ひ孫？　あんたいくつで子供産んだの？　エライ早く？」

「私、子供は一人も」

「へ？」

「いいんだよ。あんた。孫は孫。ひ孫はひ孫なんだから。この人ね、七尾の病院から越して来た岡島さん」

と、パンチパーマが茶髪を紹介する。

有沙は、ちょこっと頭を下げた。

「ちょっと待ってて、あんこだまがあったから」

と、岡島と呼ばれた茶髪は自分のベッドの棚に行き、ごそごそやり始めた。

「おばあちゃん、うちの近くにも引っ越して来たよ」

と、翔太が言う。

「近くってどこ？」

「海のとこ」

「下の舟小屋」

有沙が付け足した。

「舟小屋に？　それじゃあ清水さんかしら？」

由希子がパンチパーマに聞いた。

「清水さん？」

「ほら、ゆたか丸に乗っていた」

「違うよ。岬は清水さんじゃないよ。ヨダカだよ」

と、翔太が言った。

「違う違う」

と、慌てて有沙が打ち消して、

「吉田岬。ヨダカってコーヒーやってるんだよ。すっごいの」

「そう。おばあちゃんも退院したら挨拶に行かなきゃね。ご近所なんだから」

「ママが駄目って言うよ」

有沙は、しゅんとして呟《つぶや》いた。


バス停からの真っ暗な帰り道、翔太と有沙はしりとりをして帰った。

「どんぶり」

「また『り』？」

有沙が頭を悩ませる。

「やったー、オレの勝ちー」

「リニアモーターカー！」

「あああああ、あんこだま！」

と、翔太が言って、二人は「岡島」と「パンチパーマ」を思い出して笑った。

翔太は、有沙がいくら違うと言っても、彼女達がオジサンだと言い張る。確かに二人とも髪が短く声も低くて太く、見かけはオジサンのようだったけれど、実際には心優しいおばあさん達だった。彼女達は始終せわしなく、有沙と翔太を歓待してくれて、あんこ玉や果物、昆布茶にお煎餅、しまいには夕食のハンバーグまで、どこかから調達してきて食べさせてくれた。おかげで、有沙も翔太もお腹が一杯で満ち足りていた。

民宿は、もう、すぐそこだった。

翔太は、民宿前の階段下を見て、ほっとしたように「いないね」と言った。

黒い車はそこに停まっていなかった。

「うん」

と、有沙が頷く。

有沙は、舟小屋の方を見た。窓は明るく、煙突からはまだ、白い煙が上がっている。

岬はまだ仕事をしているのだ。

有沙は階段を上りはじめた。

「松ぼっくり」

「リニアモーターカー！」

油断していた翔太が慌てて言った。

「さっき言いました。翔太の負け！」

と、有沙は階段を駆け上る。

「負けてない、負けてない、りりりりり、あーくそ」

と、翔太も負けじと階段を駆け上ってきた。

その夜、黒い車がやって来たのは、有沙と翔太が眠りについてしばらくしてからのことだった。

有沙は、車のエンジン音を意識のない中でぼんやりと聞いた。バタンと車のドアが閉まる音が響いて、ハッと目を覚ました。

有沙は窓に行き、そっと表を見た。

黒い車が停まっていて、男が民宿前の階段を上ってくるのが見えた。

有沙は、舟小屋を見つめた。外灯に明かりが灯っていて、カーテンの引かれた窓からは優しい光が漏れていた。

10　よだかの星

このところ岬は毎日、ギターの練習をしている。

練習といってもほとんど自己流だから、ポロンポロンと音を鳴らしているにすぎない。一応、前に町に出かけたとき、本屋でギターの本を買ってきた。町の本屋はとても小さく、置いている本の種類も少なかったのに、奇跡的に一冊だけあったのだ。それは帯も破れていて、随分と長い間本屋の棚で眠っていた売れ残りのようだったけれど、ギターの基礎を学ぶのには、少しは役に立った。

それでも、「実際に弾いてみよう！」のページから先は、読んでいない。曲目が『上を向いて歩こう』や『ラブ・ミー・テンダー』や『ブルームーン』で、弾きたい曲ではなかったからだ。

岬が、ギターで弾きたいのはたった一曲だけだった。

父と過ごしたあの夜に、父が奏でたメロディーが今も、心の中にある。岬は、その音を探して、ギターを鳴らしていた。

不意に表でガラス戸が揺れる音がした。

風かな？

耳を傾けると、誰かが外で戸を叩いている。

岬は、少しだけ期待する。

ギターを置いて、出入り口に向かうと、カーテンを開けた。表にはランドセルを背負った有沙と翔太が立っていて、ガラス越しに岬を見つめた。

岬は、鍵を開け、ガラス戸を開ける。

「お願い。今日、泊めて」

有沙が大きな目で岬に訴える。

「ママは？」

有沙が首を振る。

「いいよ、さあ、入って」

と、岬は二人を招き入れた。


岬は翔太を仕切りの奥にあるベッドに連れていった。

翔太は、夜遅いからなのか、怯えているからなのか、いつもと違って、無口だった。

それでも、ランドセルを下ろし、岬のベッドに潜り込むと、安心したのかすぐに眠りについた。

次に岬は、ガス台に行き、湯を沸かした。

有沙はソファーの上で膝を抱えて座っていた。壁にかかった大小のエプロンをぼんやりと眺めている。

岬は、どうして泊めてほしかったのか聞く代わりに、有沙のためにコーヒーを淹れる。有沙の一番のお気に入りはハチスズメというブレンドだったけれど、今夜はそれより深煎りのヨダカブレンドを選ぶ。丁寧に丁寧にコーヒーを淹れ、小さな鍋でミルクを温めた。

有沙はソファーの横のギターに気がついたようだった。

「弾けるの?」

岬は小さく首を振った。

「弾いてたよ」

「練習していた」

「聞きたい」

「まだ駄目」

「どうして?」

「寝た子も起きちゃう」

有沙は、ああ、という顔をした。

本当は有沙に聞かせてあげたかった。子供だった頃、ママがいない怖い夜が怖くなくなる曲だったのだから。でも、まだ、岬には腕がない。

岬は、有沙に湯気が立つカフェオレボウルを渡す。

「夜遅いから、カフェオレにしたよ」

「カフェオレって？」

「ミルクコーヒー」

「あったかい」

有沙が、両手で包み込むようにボウルを持って、カフェオレを飲む。

「……他に、何か、してほしいこと、ある？」

有沙は首を振った。そして、遠慮がちに言った。

「また、仕事、したい。だめ？」

「いいよ」

と、岬が言うと、有沙は嬉しそうな顔をした。

それからしばらく二人でカフェオレを飲んだ。

「ねえ、どうしてヨダカコーヒーなの？」

「ヨダカが自分に似ているからかな？」

「ヨダカ？」

「鳥の名前だよ」

「ふーん」

独立して、自分の珈琲店を開くとき、岬は、店の名前を決めるのに頭を悩ませた。

まず、岬は、真っ白なコピー用紙に、思いつく限りの珈琲店の名前を書いてみた。その多くは、ファミリーネームを名乗っていて、ホリグチだとかオガワだとか、コメダとかイノダだとか、濁点のついた名字が多いように思えた。

そういう意味では岬の名字である吉田はよかった。「ヨシダ珈琲」はいかにもありそうで、誠実な仕事をしそうだ。でも、二回も名字が変わり、最後に祖父母の姓である「吉田」に落ち着いた岬としては、その名字は借り物にすぎなかった。祖父母には感謝していたけれど、二人とも他界してしまったので、もう「吉田」に対する義理もない。

地名をそのまま使っている珈琲店も多い。それも岬にはぴんとこなかった。その地域のブランド力がそのまま店のイメージになりそうで、それは岬が作るコーヒーとはかけ離れているような気がした。

どんな名前にしたって、必ず意味合いがでてくる。何を誇りに生きているのか？　どこが自分の立ち位置なのか？　何を愛して、何を思うのか？　自分の存在理由すら不確かだった岬としては、ますます頭を悩ませた。

そんなときに思いついたのが「ヨダカ」だった。

「ヨダカ」とは、宮沢賢治の童話『よだかの星』に出てくる「よだか」である。「よだか」は、その名前から想像すると、鷹《たか》の一種のようだけれど、ほんとうは鷹でもなんでもない。鷹でもないのに「よだか」という名前だから、鷹に「名前を変えろ」と責められる。「お前は今日から市蔵《いちぞう》だ」なんて言われたりする。そう言われて「よだか」は自分が何者でもなくなってしまうことに悩み、そもそもの自分の存在理由がわからなくなる。

初めてこの本に出会った小学生の岬は、「よだか」にシンパシーを感じた。ある日、突然名字が変わる経験が、岬にそう思わせたのだ。

『よだかの星』との二回目の出会いは高校生のときだった。そのときすでに岬は生き方を模索していた。名前云々《うんぬん》はもうどうでもよかった。岬の心をつかんだのは別の箇所にあった。

「よだか」は、今、生きている世界に絶望して、遠い空の向こうを目指す。最初、心の弱い「よだか」は夜空の星々に救いを求める。それはすべて拒絶されて、誰も自分を救ってはくれないと分かると、今度は「よだか」は自分の力で空を目指す。冷たい空に凍えながら、それでも上っていって、最後はその身を燃やしながら、遂に「よだか」は小さな青白い星になる。そしてその場所で一人きりで燃え続けている。

岬は、星になった「よだか」こそ、自分の生き方なのではないかと思った。

『ヨダカ珈琲』の「ヨダカ」は、星になった「よだか」のことだ。

孤独を嘆くこともなく、存在理由に悩むこともなく、一人きりで生きて行く。そのための仕事であり、一生続けていかなくてはならないのだ。


放課後、図書室でカウンターに座っていた城山は、有沙がやって来たので驚いた。

城山は、金曜日の放課後に読書クラブを開いている。二年目になるが、いつも決まった数人の児童達がやってくるだけで、あまり人気がない。有沙もそれまで、一度も来たことがない。

有沙は、図鑑のコーナーの背表紙を眺めていた。大きな、鳥の図鑑を引っ張りだすと席に着いて、ページをめくりだした。静かな図書室に、有沙が分厚い紙のページをめくる、乾いた音が響く。音が止《や》み、有沙は目的のページにたどり着いたようだった。そのページを見つめて、有沙は変な顔をした。そして「先生」と、城山を呼んだ。

城山が近づいていくと、有沙は鳥の写真を指差して、

「これ、本当にヨダカ？」

と聞いた。

城山が覗き込むと、茶色く地味で大きく、不格好な形で木に止まっているヨダカの姿が、そこにあった。

城山は「そうだけど」と言って、少し離れた本棚から別の本を取って来た。

「岬さんのコーヒー屋はこっちだと思うな」

と、有沙に本を差し出した。

有沙は本を受け取って、『よだかの星』と書いてある表紙を眺めた。

有沙はページをめくりはじめる。

その出だしはこうだった。

　よだかは、実にみにくい鳥です。
　顔は、ところどころ、味噌《みそ》をつけたようにまだらで、くちばしは、ひらたくて、耳までさけています。

有沙は、不満そうな顔を上げて、城山を見た。

でも、そのとき城山は、他の児童に呼ばれ有沙の側《そば》から離れていたので、有沙と目が合うことはなかった。

しばらくして、城山が有沙の方を見ると、有沙は、『よだかの星』を読んでいた。険しい顔をして、夢中になって読んでいた。

翔太は、学校から舟小屋へ帰ってくると、岬の「おかえり」には答えずに、ランドセルをソファーに放り投げた。

翔太は、岬と二人だけのときと、有沙と一緒で三人のときとでは、少し様子が違う。二人だけのときの方が、微妙に格好つけるのだ。

それが岬にはおかしい。

有沙と違って翔太は、ポンポンと自分の言いたいことを口にする。大体は感情をストレートに出すのに、その場の様子で小さいながらも気を遣って、自分をひっこめたりする。そんな様子に、どう接したらいいものかと、はじめは戸惑いもあった。

岬は、それまでの人生で、翔太のような子供が身近にいたことはない。東京で店を開いていたときも、子供連れの客はほとんどいなかった。翔太のような子供を育てている母親達は忙しく、コーヒーなんかに時間をかけてはいられないし、子供は豆だけを売る珈琲店に来ても、なにも面白くないのだろう。

今、岬の目の前で翔太は退屈していた。世界の小石を並べて遊ぶ気分でもないみたいだ。

ガラス戸から民宿の方を見つめながら、翔太は、強がりを言った。

「あー、くそー。あいつがいるからなんもできねえ」

岬は配送伝票を貼る手を止めて、小さな背中を見た。

何か翔太によさそうな物はないだろうか？

岬は、舟小屋の中を見回した。


有沙は、学校からの帰り道、怒っていた。『よだかの星』に怒っていた。

まず、有沙は「よだか」の弱さが気に入らなかった。「よだか」は、鷹ばかりか他の小さな鳥達にも馬鹿にされ、嫌われている。他の鳥達は、「よだか」がほんものの鷹ではないことを馬鹿にしていたし、鷹達は、「よだか」のにせものの鷹らしさに、頭に来ている。

それならば、「よだか」は少しは鷹なのだ、と有沙は思った。少なくとも、他の弱い鳥達の言うことなんて気にすることはないし、鷹とだってどうどうと渡り合ったらいい。「名前を変えろ」と言われたって、無視すればいいのだ。

それなのに「よだか」は「そんなことを言わないでください」なんて女々しく懇願したりする。そんな態度をしたら、いじめる鷹達の格好の餌食だ。それだから「よだか」は、「明後日の朝までに、名前を変えて、他の鳥達に挨拶してまわらなければおまえをつかみ殺す」なんて、鷹に言われる始末だ。

そう言われて、答える「よだか」はなお悪い。「そんなの辛いから、今すぐ殺してください」なんて言うのだから。

鷹に追いつめられる怖さから逃げ出す唯一の方法が、「今すぐ殺して」なんていうのは、安易で、有沙には許せなかった。

そうやって、命を投げ出して、苦しさから救われようとするのに、少し経つと、鷹に命を取られる怖さから、遠くの空へ向かって逃げ出そうとする。そのときに、「よだか」は、逃げ出す理由をもう一つ付け足す。自分がカブトムシなんかの虫達を食べて生きることに、罪を感じるのだ。

そんなことを言ったら、生き物達はどうやって生きていったらいいのか。ライオンはヌーを食べ、シロクマはアザラシを食べ、アザラシはペンギンを食べる。生きていくために食べる。それが罪ならば、生きていること自体が罪になる。「よだか」は、なんだかんだ言って、自分が可哀想だと嘆いて、現実の辛さから逃げ出したいだけなのだ、と有沙は思った。

有沙は、他にも許せないことがある。そんな「よだか」にも、兄さんと慕ってくれる兄弟がいて、「いかないでくれ」と、頼まれるのだ。

それなのに「よだか」は行ってしまう。そうして、一人で星を目指して、そこでまた孤独に涙ぐむ。だったら、どうして、カワセミやハチスズメのもとを離れてしまうのか？　兄弟達に淋しさだけを残していってしまうなんて、あまりに自分勝手ではないか？

最後、「よだか」は、青白い小さな星になる。星になって生き続ける。そこが、にぎやかで、楽しくて、逃げ出して来た世界とは全く違うなら、有沙にも少しは分かる。でも、違うのだ。

すぐとなりは、カシオピア座でした。

と、書いてあった。有沙は、知っている。宇宙はとてつもなく広いのだし、隣り合って見える星だって、うんと、離れているのだ。

今、生きている辛さから逃げ出したって、その先でひとりぼっちじゃ、しょうがないじゃないか、と、有沙は思った。

何故、岬は「よだか」に似ているのだろう？

有沙には全然分からなかった。

海辺では、翔太が、生豆が入っていた麻袋を履いて、遊んでいた。

結局、舟小屋の中に、翔太が遊ぶのに使えそうなものは、それぐらいしかなかったのだ。

翔太は、麻袋を履いて、カンガルーのように飛び回った。岬も外へ出て、その様子を見ていた。

ふと、岬は視線を感じて民宿の方を見た。

民宿の二階の窓辺に男が立っていて、じっとこっちを見ている。

岬も、睨み返した。

いつのまにか、翔太が麻袋を引きずったまま、岬の横に来て下を向いている。

「平気だよ」

「じゃあ、岬もやって」

翔太が下を向いたまま言った。

「よし、競走だよ」

と、岬も麻袋を履いた。十年以上コーヒーの仕事をしていたけれど、麻袋を履いて飛ぶのは初めてだった。

「よーい、どん」

翔太が叫んだ。

岬と翔太は一斉に飛びはじめる。

翔太の元気な声が響き渡る。

男は、まだ見ているようだった。でも、岬は、そっちを見ることはなかった。

レースは四回続いて二勝二敗の引き分けだった。最後のレースは往復だったから、岬も翔太も上がる息にハアハアしていた。

「ちょっと休憩」

岬が麻袋を脱いだ。

「降参？」

と、翔太が聞いてくる。

「降参じゃないよ」

「じゃあ、もう一回」

「じゃあ降参」

「やったー、オレの勝ちー」

翔太が飛び跳ねて喜んだ。

もう、民宿の二階に男の姿はなかった。

岬の息がようやく落ち着いて、舟小屋に戻ろうとしたとき、有沙が学校から帰ってきた。

「おかえり」

岬が声をかける。

有沙の顔は怒っている。

「どうした？」

「岬は全然ヨダカに似てないよ」

岬は、有沙が何を言っているのか、わからなかった。

有沙は、岬の手を握って言った。

「どこにも行かないで」

「行かないよ。ここから離れない」

岬は力強くそう言うと、海を見つめた。

11 友　達

土曜日は学校が休みなので、有沙は朝から『ヨダカ珈琲』で働いていた。相変わらず黒い車は今日も民宿前の階段下に停まったままでいる。翔太もずっと舟小屋にいるしかなく、床に世界の小石を並べて道を造り、小さな町を作っているようだった。

「小タウンだね」

珍しく岬が言った冗談が、翔太は気に入ったようで「ショウタウン入口」「ショウタウン中央」などと言いながら、バス停を作る位置を決めている。そのうち岬にもらった石けんの空き箱で、バスを作りはじめ、お喋りが止んだ。

「友達？」

と、岬が言うので有沙はラベル貼りの仕事から顔をあげる。

友達なんて一人もいなかったから、驚いた有沙は入口の方を見た。

表には同級生の桜井梨佳がいた。この春に転校してきたばかりの、クラスでは一番ぐらいに大人しい子だ。もちろん有沙は、まだ一度も話をしたことがない。

梨佳は、それまで確かに有沙を見ていたはずなのに、目が合うと急に視線を逸《そ》らせた。

有沙は迷惑な気がした。じろじろ見られるのは学校だけでたくさんだ。わざわざこんなところまできて、そんな視線で見ることはない。

「違う」

「そう？」

岬は不思議そうな顔をした。

「うん」

と、有沙が頷くと、梨佳がおどおどしながら中に入ってきた。淡いマドラスチェックのワンピースを着ていて、学校での存在感のない印象とは少し違う。

「いらっしゃい」

と、迎えたのは岬なのに、

「城山先生が教えてくれたんだ」

と、梨佳は作業台にいる有沙に向かって言い訳をする。

有沙は梨佳には構わないで、ラベル貼りの仕事を続けた。

梨佳はコーヒーを買いにきたようだった。岬とのやりとりは丁寧な敬語なのに、いちいち有沙に、お母さんの誕生日プレゼントにしたいんだ、などと言ってくる。その度に有沙は聞こえないふりをして、手を動かした。

「うちではコーヒーはお母さんしか飲めないんです」

コーヒーの試飲を勧めた岬に、梨佳がそう答えたから、

「どれがいいか選んであげて」

と岬が言ってきた。

有沙は、仕方がなく、梨佳のところに行った。

「苦いのと酸味があるのとどっちがいい？」

梨佳には、どちらもぴんとこないようだった。

「さっぱりしたのとコクがあるのだとどっち？」

今度も、梨佳は答えられない。

「お母さんミルクをいれるのが好きみたい？　それともいれない？」

「じゃあ甘くないチョコレートと、蜂蜜《はちみつ》だったらどっちがいい？」

何を聞いても困ったような顔をして、梨佳は答えられない。

有沙はだんだん、そのやりとりにうんざりしてきたけれど、仕事を途中で投げ出すわけにはいかなかった。

「じゃあ、お母さんどんな人？」

この質問に、梨佳は自信を持って答えはじめた。

「うちのお母さんはね、普段は友達みたいに面白くって、でも怒るとものすごく怖くっ

て、たまに子供の気持ちが全然分かってないけれど、お出かけするときはきれいで優しい」

それがまるで絵里子のことみたいだったから、有沙はクスッと笑った。

「だったらカワセミブレンドがいいよ」

「じゃあ、それにする！」

岬がカワセミブレンドの用意を始めると、有沙は梨佳をソファーへ連れていって座らせた。

「ちょっとここで待っていて」

そのまま仕事に戻ろうとした有沙に「やまさきさん」と声がかかる。

「うん？」

梨佳は入ってきたときのようにおどおどして、

「給食費、ごめんね。ずっと謝りたくて」

「なんで、桜井さんが謝るの？」

「忘れたのが恥ずかしくてちゃんと言わなかったから。そのせいで、ドロボーなんて言われて……」

それは、全然、梨佳のせいではないのに、梨佳は小さく消え入りそうな声で謝ってくる。

「桜井さんは言ってないじゃん」

有沙がニコッとすると、梨佳はやっと笑顔になった。それも束の間で、またもじもじする。まだ何か言うことがあるらしい。神妙な面持ちで、やっと聞こえるような小さな声で聞いてきた。

「……ねえ……有沙って呼んでもいい？」

それは「友達になりたい」と、同じ意味の言葉だったから、有沙は凄く驚いた。梨佳は心配そうに有沙の顔を窺っている。有沙は「うん」と答える代わりにこう聞いた。

「あたしも梨佳って呼んでいい？」

梨佳はさっきの笑顔よりも千倍ぐらい嬉しそうに頷いた。それを見て、有沙も嬉しくなった。

土曜日の午後、突然、有沙に友達が出来たのだ。その友達が目の前で笑っている。

「それでね、今日、うちに泊まりにこない？　今日、お母さんの誕生日で夜、バーベキューやるんだ」

「バーベキュー？　オレも行きたい！　行きたい！」

翔太が目を輝かせて駆け寄ってくる。

「そうだよ。翔ちゃんも一緒においでよ」

「いいの？」

梨佳は有沙に頷いた。

「でも……」と、有沙は岬を見た。

「行って来たら？」

三人は、わーっと歓声を上げた。


千夏はこのところ、グレープフルーツばかり食べている。それ以外を口にすると、気持ちが悪くなるらしいのだ。

今日も千夏は、リビングに置かれたガラスのテーブルで、まっ二つに切ったグレープフルーツを、スプーンで掬って食べている。

テーブルの向かい側で、鏡に向かってマスカラを塗っていた絵里子のところにも、爽やかなグレープフルーツの香りが漂ってきた。

「あっ」

絵里子が目を瞑《つむ》った。

グレープフルーツの果汁が飛んで来て、絵里子の目に入ったのだ。

「うわっ、ごめん」

「目が開かないよ」

「駄目だよ。こすっちゃ。目、瞑ってて、塗ってあげる」

千夏はスプーンを置くと絵里子の手からマスカラを取り上げる。

「もっと、顔、こっち」

目を瞑ったままの絵里子は、千夏の声の方に顔を突き出した。

千夏は左手で絵里子の顔を支えながら、マスカラを塗りはじめた。

何も見えない中、千夏の指先に、強いグレープフルーツの香りを感じる。

「エリたん、ほっぺたすべすべ。赤んぼみたい」

「赤ちゃんはもっとすごいよ。一日くっついていたいぐらい」

「そっか。そりゃヤバイね」

千夏なら本当に一日くっついていそうで、絵里子は目を閉じたまま、笑った。

「笑わない」

千夏にたしなめられて、絵里子は真面目な顔をする。

「ん、でけた。目、あけてみ」

絵里子が、ぱっちりと目を開く。

「ビューティフル！」と、千夏が言った。

千夏はグレープフルーツを平らげると、寝室に行って寝てしまった。店の方も「吐いてしまうから今日も休む」らしい。

絵里子は、これから先のことを少し考えた。もうじき千夏は店を辞めるだろう。千夏には、ちゃんとした両親がいるらしいから、実家に帰るかもしれない。そうしたら絵里子はどうすればいいのだろう？　いつか、ちゃんと考えなくてはいけない。でも、今は考えたくもない。

絵里子は、占いでも始めるかのように、客達の名刺を並べ始めた。

並べ終わると、そのうちの一列の名刺を集めて重ね、上から順番に、携帯電話で営業電話をかけ始めた。

結局、その一列は全敗だった。ゴルフだ、出張中だ、決算が近いからさ、なんて言って謝るけれど、本当は家族サービスの日なのかもしれない。

絵里子は、最後にかけていた電話を切ると、ため息をついた。

待ち受け画面には、頬を寄せて変な顔をしている有沙と翔太が映っている。それがロック画面に変わるまで、目が離せなかった。

夕方になると岬は、町に買い物に行きがてら、梨佳の家の近くまで子供達三人を車で送っていった。

岬は子供達と別れると、町に行くには遠回りの海沿いの道に出て、しばらく車を走らせた。

通りがかった漁港から、イカ釣り漁船が次々に出港していくのが見えた。岬は車を止めてその様子を見る。漁船は沖合を目指して、どんどん小さくなっていく。やがて、水平線の小さな点々となった。空が漆黒の闇に変わるまではもう少し時間があったから、まだ、夜の空と暗い海に、夕方の空が挟まれていた。その水平線に光が灯りだした。漁船が集魚灯を灯し始めたのだ。

岬は、それらの光が消えないことを祈った。すべての船が帰って来るように、と祈った。

町で買い物を終えて舟小屋に戻って来たのは、九時を過ぎた頃だった。出かける前に外灯を点けてきたけれど、暗闇に光っていたのは、外灯の明かりだけではなかった。電気を消してきたはずの舟小屋からも明かりが漏れている。岬は、ヘッドライトを消して舟小屋の手前で車を止めた。

ダッシュボードを探って、護身に使えそうなものを探した。見つかったのは新品の非常時脱出用ハンマーで、以前車検を頼んでいた車屋がノベルティでくれたものだった。それを手に、音を立てないように車を降りた。舟小屋のカーテンが風で膨らみ、中で人が歩き回っている気配がする。

岬は、ハンマーを握り直して舟小屋に近づいていく。そのとき、ギターが転がって弦がボロンと震える音がした。足音が止まり、誰かがギターを拾い上げたようだった。

次に聞こえてきたのは、ギターが奏でるアルペジオの音だった。

岬の手からハンマーが滑り落ちた。

岬は、舟小屋に近づき、吸い寄せられるように風で膨らんだカーテンの中へと入って行った。

中には一人の男がいた。ギターを抱え、作業台に腰掛けている男の背中が見えた。岬がその背中に近づこうとしたとき、男が振り向いた。その顔に岬は見覚えがあった。それは、民宿のあの男だった。

岬は、我に返る。途端に、荒らされた小引き出しや、散らばった伝票や、床に捨てられた食べかけのパンなどの、男の狼藉が目に入ってきた。

「ギターから手を放して」岬は、できるだけ低い声で言った。

男は、表情のない顔で岬を見ている。

岬は男の手からギターを取り返そうとした。男は身軽だった。顔色一つ変えないで岬の手から左右に逃れる。ギターは宙で躍り、その度に岬は振り回された。追いつめていたのは岬のはずなのに、気がつくと逆に岬が壁際の方へ追い込まれていた。

「警察を呼ぶ」

「呼べよ。三十分はこないぜ」

岬の後ろはもう壁だった。

「それまで、どうする?」

男がニヤニヤと、ギターを放り投げて、岬の腕を摑んだ。

絵里子は最終の特急バスに乗り、金沢から帰って来た。最終といっても一日に四便しかないのだから、夕方に二本走るバスのうち遅い方のバスに飛び乗ったのだ。

そうしたのは千夏の影響なのかもしれない。千夏は、まだ人の形もおぼつかない子供に、なみなみならぬ愛情を感じている。それを近くで見ていると、絵里子も子供達を思い出さずにはいられない。すぐにでも抱きしめたいという感情が芽生えてくるのだ。実際に、子供達を目の前にしたら、もしかするとそういう感情は消えてしまうのかもしれない。それでも、待ち受け画面の有沙と翔太の顔を見ていたら、当日欠勤に科せられるペナルティも覚悟の上で、子供達のところに帰らずにはいられなかった。

バス停から真っ暗な道を歩いて来て、高台の民宿に煌々と電気が点いているのを見ると、絵里子はなんだかほっとした。いつものように、翔太が、電気を点けっぱなしにしているのだろう。一階も二階もあちこちの電気が点いている。

ふと、絵里子は民宿前の階段下に黒い車が停まっていることに気がついた。男には日曜日に帰ると言っていたから、そこに車があるはずはなかった。

土曜日と聞き間違えたのだろうか？　でも、それが絵里子にとってはサプライズとなって嬉しくなった。

絵里子は、触れたい相手が完全に入れ替わって、民宿前の階段を上りはじめた。

「ねえ、いつ来たの？」

玄関で絵里子が、奥に向かってそう呼びかけても、返事はなかった。それはいつものことだったから、気にはならない。

「ちょうどよかったよ。帰って来ちゃったんだ」

家に上がると、まっすぐに椿の間に向かった。笑顔で襖を開けたのに、そこに男はいない。ビールの缶が転がっていて、引きっぱなしの布団がよれているだけだった。

絵里子は、一階をくまなく見て回る。風呂場にもトイレにも電気は点いていたが、男の姿はない。茶の間を覗いたとき、食卓の上にカップラーメンやスナック菓子が食べ散らかしてあって、絵里子は少し嫌な気分になった。

「あーちゃん、翔太」

今度は不機嫌な声になって子供達を呼んだ。ところが、子供達からも返事はない。

「あーちゃん、翔太、ママ帰ってきたんだよ。返事ぐらいしなさいよ」

絵里子は、頭にきて二階へと上がっていく。

そこにいるはずの子供達はいなかった。ランドセルも見当たらない。土曜日は学校が休みじゃないのだろうか？

みんなしてどこに行っちゃったんだろう？

誰もいない二階で、絵里子は、ただ、途方に暮れていた。

そのとき、窓から舟小屋が見えた。舟小屋から漏れている光が、民宿の二階の白々とした蛍光灯の光よりも、やわらかくあたたかい光のように絵里子には思えた。途端に、子供達の不在と舟小屋が頭の中で結びついた。

絵里子は、二階の部屋を飛び出すと下に向かった。

「人を馬鹿にして、まったくなんのつもり、あの女」

二階からの勢いそのままに、民宿前の階段を駆け下りて、芝生の浜を突っ切ると、舟小屋に向かった。

「ちょっと、あんた」

と、カーテンを開けて舟小屋に踏み込んだ絵里子の目に、岬を床に組み伏せている男の背中が飛び込んできた。

絵里子は、驚いて息を呑んだ。

男は、岬を組み伏せたまま振り向いて、

「邪魔すんな」

と、ニヤニヤ笑った。

男の片手が岬の腰を探っている。岬が抵抗して男につばを吐きかけると、男は岬の髪を摑んで床に打ち付けた。

絵里子は、側に転がっていたステンレスのボウルを摑むと、夢中で男に何度も打ち付けた。そのうちの一発が効いたのか、男は「うぅっ」と唸って、崩れ落ちた。

岬が起き上がって、ガムテープで男の両腕を巻きはじめる。

座り込み、震えている絵里子に岬は、

「警察に電話して」

と言った。


絵里子は、砂浜に座り込んだまま動けずにいた。

舟小屋では警察が引き上げて行くようだった。

絵里子も事情を聞かれた。見たことをそのまま話した。事実が自分の声になって出ていって、耳からもう一度入り込んでくると、恐ろしくて寒気がした。

あの男は、自分が付き合っている男だった――

そう考えると、絵里子は、あの男に抱かれていた体の皮膚を、全部切り取ってしまいたいぐらいだった。

パトカーが行ってしまい、海辺にようやく静けさが戻ると、岬がやって来た。

「さっきはありがとう」

絵里子は何も言えない。

岬は絵里子の肩を抱えて、立ち上がらせると、

「行こう、コーヒーを淹れるから」

と、舟小屋に向かった。

岬は舟小屋に入ると、絵里子をソファーに座らせた。奥から毛布を持って来て、絵里子に被《かぶ》せると、流しに立って湯を沸かしはじめた。ドリッパーにペーパーフィルターをセットして、ミルにかけた豆を入れた。それを、ガラスのサーバーの上に載せた。手順は何一つ間違っていないようだった。

絵里子はソファーから岬を見つめていた。岬は何一つダメージを受けていないように見えた。むしろ大きく傷ついて、立ち直れそうにないのは、絵里子の方だった。

「あんな目にあったのにどうして平気なの？」

「平気じゃないよ。でも、あんなことには負けたくないの」

自信があるから強いのだろうか？　何でも持っているから怖くないのだろうか？

岬は、カップボードの一番上から、エメラルドグリーンのカップ&ソーサーを取ろうとしていた。それは水色のシャクヤクの花が描いてあり、カップボードにあるコーヒーカップの中で、一番といってもいいぐらい、キレイなものだった。

絵里子はそれを奇異な目つきで眺めていた。わざわざ手を伸ばしてそれを取らなくて

も、下にあるカップのどれでもいいじゃないか。

岬の両手がやっとそれを摑んだ。カップと皿がカチャカチャと音をたて始める。

そのとき、絵里子は初めて、自分が勘違いしていることに気がついた。

立ち上がって岬の傍に行くと、手を握った。やっぱり震えている。

絵里子はエメラルドグリーンのカップ&ソーサーを引き取って作業台に置くと、今度は両手でしっかりとその手を包み込んだ。岬のこわばった手から力が抜けて、震えが収まってくる。

「あたしがやる。どうすればいい？」

岬はソファーにへなへなと座り込んだ。

「お湯が沸いたら、口の細い、銀のポットがあるでしょう？　それにお湯を移して」

絵里子が、銀のポットを探して来て、沸いたやかんの湯を容れた。そして岬の方を向いた。

「粉の真ん中にお湯で小さい『の』を書くみたいに……ゆっくり、細く」

絵里子がお湯で小さな「の」を書いて、また、岬の顔を見る。

「粉が沈みそうになったら、また『の』を書いて」

絵里子は、岬に言われたとおりに、コーヒーを淹れはじめた。

ガラスのサーバーにコーヒーのしずくが落ちていく。

それが、二人分のコーヒーになったとき、

「ああ、誰かにコーヒーを淹れてもらうのって、すごくいいな」

と、岬が言った。


二人は、ソファーに並んでコーヒーを飲んだ。波音が穏やかで静かな夜だった。

岬が、素朴な粉引きのマグカップからコーヒーを啜《すす》る。エメラルドグリーンのカップ&ソーサーは絵里子のためのものだった。

絵里子はその美しいカップからコーヒーを一口飲むと、

「これ、ほんとにコーヒー？」

と目を見張る。

岬は笑って、「好き？」と聞いた。

絵里子は黙って頷いた。

「そんなとこ有沙にそっくり」

「忘れてた。有沙と翔太。そうだ、あたし、てっきりここだと思ってたのに」

慌てて立ちかけた絵里子を岬が押しとどめた。

「二人なら、大丈夫。友達のところに泊まりに行ったから」

絵里子は、驚きながらもほっとして胸を撫《な》でおろした。

「あの子達、あの男に怯えていた」

岬が不意に言った言葉に絵里子は愕然《がくぜん》とする。

それまで、男と自分、男と岬に関してしか、考えが及ばなかった。

「……全然知らなかった」

「言えなかったんじゃないかな？　あなたのことが大好きだから」

岬の静かな声は、とげもないのに突き刺さり、絵里子は苦しい。消えてしまいたいほど自分が恥ずかしくなる。

「でも、まだ小さすぎる。二人で生活させるのは無理だよ」

非難するでも軽蔑するでもない口調だった。

「わかってる」

絵里子は素直に言った。

「でもこの辺にはあたしの仕事はないの。あたし、高校も出てないし、キャバ嬢ぐらいしかできなくて。頼みのおばあちゃんも入院しちゃったし、いつ帰ってくるか分かんないし……やっぱり、三人で金沢に行くしかないのかな」

じっと聞いていた岬が、まっすぐな眼差しを絵里子に向けた。

「だったら、しばらくここで働かない？」

それは、初めて絵里子が手にした選択肢だった。

「……本当に？」

岬は大きく頷いた。

「名前、教えて」

心なしか岬が笑っている。

「絵里子。あたしもちゃんと名前聞いてなかった」

「吉田岬。岬でいいから」

絵里子は、嬉しくなって頷いた。


その夜、絵里子は岬と別れて家に戻ってくると、真夜中だというのに千夏に電話をかけた。

「……もしもし」は眠そうだったけれど、千夏は起きていたらしい。

「お店、辞めようと思って」

と、絵里子が切り出すと、電話の向こうに小さな沈黙があった。耳を澄ましていると、千夏の抑揚のない声が聞こえてきた。

「よかった。ずっと、そうなればいいと思ってた」

千夏は、絵里子よりもずっと子供の気持ちが分かるのかもしれない。

「お店にはもう言ったの？」

「ううん」

「それならあたしも辞めるつもりだからエリたんのことも、うまーく言っといてあげる」

と千夏が言ってくれた。

絵里子は千夏に、これからどうするつもりなのか聞いてみた。

「コドモが生まれたら実家に帰るんだ。この子の顔を見たら、あたしのこと許してくれるだろうし、そしたらあたしも、許せそうだから」

「それなら一人で頑張らないで、今帰った方がいいよ」

子供の顔を見たら千夏を許す親ならば、今の千夏だってきっと受け入れてくれるはずだ。

「考えてみる」と、千夏は言った。

「ありがとう」と、再会の約束をして、絵里子は電話を切った。

窓の外を見ると、舟小屋の明かりはまだ、灯っていた。絵里子は、その光がさっきと違って嬉しかった。

絵里子もまだ眠るつもりはなかった。朝までにやってしまわなくてはならないことがあったからだ。

絵里子が来てくれなければ、ここはもっと悲惨な状況だったに違いない。

岬は男に荒らされた店を片付けていた。

散乱した伝票を拾い集めてファイルに閉じていく。男が食い散らかしたパンや牛乳パックを捨て、床の拭き掃除をした。

それだけ終えるとギターを手にソファーに座り込んだ。ペグを調節しチューニングすると、音がちゃんと鳴ることを確かめた。

よく見ると、男が放り投げたせいで、ギターにはいくつか傷がついていた。岬は、やわらかい布を持って来て、ギターを優しく拭いた。

こんな傷はたいしたことではない。絵里子が心に受けた傷の方がうんと大きいはずだった。でも、大丈夫だと岬は確信する。

絵里子は可愛いだけではなく、優しくて、強い女だと思ったからだ。

梨佳のうちのバーベキューは凄かった。

有沙も翔太も、初めてスペアリブを食べた。ソーセージから骨が突き出ているのも初めて見た。

他にも初めてのものはたくさんあって、タコスやトルティーヤやナチョスがそれだった。

バーベキューが終わると、有沙と翔太は梨佳の部屋に行って遊んだ。

三人でやった人生ゲームでは、翔太は歌手になって、カジノで大もうけして、ハワイとパリにマンションを買って、一番に上がった。梨佳は、サラリーマンと無難な滑り出しだったけれど、株で成功して二番だった。一番ひどいのは有沙で、絵描きで、車がいたるところで故障したり、偽物の宝石を摑まされたりして、多額の借金を抱えてビリだった。

翔太は梨佳の兄の部屋にも出入りして、遊んでもらっていた。中学生の兄とその友達は、テレビゲームで遊んでいた。翔太はコントローラーをいじらせてもらったり、梨佳の兄を応援したりした。

有沙は、梨佳がジグソーパズルを好きなことも知った。梨佳は今、2000ピースのジグソーパズルに取り組んでいる。有沙が箱の写真を見ると、空をバックに崖の上に建っている外国の城が写っていた。

「お城の塔の天辺よりも、全部同じに見える空のピースを見つける方が楽しい」

と、梨佳が秘密を打ち明けるように教えてくれた。

有沙は、それがいかにも梨佳らしいな、と思った。

それから二人で行ってみたい国を言いあった。

梨佳はドイツとフランスで、有沙はタンザニアとブラジルだった。

二人は、梨佳の母親がもう寝なさいと、何度か言いに来ても、夜遅くまで、ずっと喋っていた。

翌朝、有沙と梨佳はすっかり寝坊した。起きたときには兄達は部活に出かけて行った後で、翔太が梨佳の母親とテレビを見ながら話し込んでいた。

梨佳のうちの朝ごはんも凄かった。

ホットプレートをみんなで囲み、ホットケーキを焼いて食べた。トッピングは苺《いちご》やバナナやホイップクリームで、甘いシロップもあり、有沙も翔太も何枚もおかわりした。

それでも生地は余ったので、梨佳の母親は「お土産に持ってかえったらいい」と言って、子供達にどんどん焼かせた。

お礼に有沙は、梨佳の母親にコーヒーの淹れ方を教えてあげた。有沙が台所を通りかかったとき、梨佳の母親がコーヒーを淹れていて、その様子が、岬のやり方と違ったからだ。梨佳の母親はコーヒーが美味しく入ったと喜んで、有沙を褒めてくれた。

梨佳のうちからの帰り道、有沙と翔太は、まだはしゃいでいた。

有沙は手に持っている、ほんのりと温かい紙袋の匂いを嗅いだ。

「岬、喜ぶかな？」

翔太は、その袋をひょいと取って、

「オレが渡す」

と、駆け出した。

「ずるい、待て、有沙が渡す」

と、有沙が追いかける。

二人は追いかけっこの勢いそのままに舟小屋に飛び込んだ。

「岬、これ、お土産」

「なんだかわかる?」

そう有沙が聞いて、作業台から振り向いたのが絵里子だったから、子供達はぎくりとした。

絵里子がゆっくりと近寄ってくる。

「ごめんなさい、ママ、ごめんなさい」

有沙が謝ると、絵里子は、キレイなエプロンをひらっとさせた。

「ママ、ここで働かせてもらうことにしたの」

有沙と翔太はきょとんとして動けない。

絵里子は腰を屈めると、有沙と翔太の頬を撫でて、ぎゅっと抱きしめた。

「今までごめんね」

頬を撫でられたとき、有沙は絵里子の変化に気がついた。

「……ママ、爪……」

絵里子は笑って、手を見せた。どの爪もマニュキュアは塗られておらず、爪が短く切られている。

「きれいなの、とっちゃった。おかしい？」

有沙は凄い勢いで首を振った。

「もう、金沢には行かないの？」

「行かない」

絵里子が、きっぱりと言ったので、有沙と翔太は目を輝かせた。

「やったー。それじゃあオレのお土産ママにあげる」

「なあに」

「じゃじゃーん、ホットケーキ！　オレが作ったんだ」

「おっ、うまいじゃん」

有沙は、嬉しくて岬を見た。

豆を混ぜ合わせ、ブレンドに仕上げていた岬が顔を上げ、有沙と視線を合わせて笑った。

12 海辺の家族

ママが『ヨダカ珈琲』で働くようになってから、ママの寝顔が見られない、と有沙は嬉しそうに言う。

「どうしてだかわかる？」

見られないのと、嬉しそうなのが結びつかなくて、岬は、「わからない」と答えた。

「それはね、ママが、有沙達よりも早く起きて朝ごはんを作るから」

大体はバナナだけとかパンだけとかなんだけどね、と、肩をすくめながらも嬉しそうに笑う。

毎朝、朝食が終わると、親子三人は揃って民宿を出てくる。民宿前の階段の下で「いってきまーす」と大きな声で言い合っているのが岬にも聞こえてくる。それから、子供達は学校へ向かい、絵里子は舟小屋へとやってくるのだ。

舟小屋では、岬はもう釜に火を入れていて、その日最初の焙煎をはじめている。

絵里子が「おはよう」と、入ってくると、岬も「おはよう」と返す。

朝までに入っていたオーダー分の袋を用意するのは、絵里子の仕事だ。絵里子は流しで手を洗い、エプロンをすると、袋にシールを貼っていく。

午前中、岬は焙煎に専念して、午後から二人で配送の準備をする。

絵里子はコーヒーの味と種類も覚え、かかってくる注文の電話にも応対できるようになってきた。この電話応対を聞いているのが、岬は楽しい。

絵里子は漢字にからきし弱いから、客から名前を聞いて、例えば「点がある方のおた」なんて言われると、なんのてん、だか、どんなてん、だかわからなくて、困ってしまうのだ。それでも、絵里子の真面目さや、かわいらしさが電話でも伝わるのか、客達は絵里子と会話するのが楽しいようだった。用件だけで電話を切る客よりも、いろいろ話し込む客の方が多かった。

今や、電話はさまざまなところからかかって来た。

青森県や山口県からも注文の電話がかかって来て、絵里子はその度に、驚きの声を上げて、岬を見る。

「岬しかこういうコーヒーを作ってないの？」

「そんなことないよ」

「だったらどうして？」

「よそから見たらここが特別なところに思えるのかもしれないね」

絵里子は、大きな目をさらに大きくして「へえ」と、驚く。

その顔がおかしくて岬は笑った。

子供達は学校から舟小屋に帰ってくる。

舟小屋で、岬と絵里子が働いているのを眺めたり、宿題をしたりして過ごす。もちろん、忙しいときは有沙にも仕事を手伝ってもらった。

夕方、宅配業者が集荷にやって来て仕事が一段落すると、絵里子は子供達と外に出て、色オニや影踏みや鬼ごっこをして遊んだ。

岬は、外灯を点けるために表に出る。日ごとに日は長くなり、まだまだ夕方の空は海の上に大きく広がっていた。

子供達のはしゃいだ声が聞こえてくる。と、思ったら、翔太がまた何か文句を言い出したようだ。

それを聞きながら岬は笑う。最近、岬はよく笑う。外灯を見上げながら岬は、ここはやっぱり特別なところなのかもしれない、と思った。


午後に休みをもらいたい、と絵里子が岬に言ったのは、それから半月ほど経ってからのことだった。

ちょうどその日は、新しく届いた生豆のサンプルをカッピングしていた。

カッピングとは、コーヒーのテイスティングのようなものである。その豆の持つ特徴や良い部分を知るために、ミルで挽いた豆をカップに入れて直接湯を注ぐ。一つのサンプルに対して岬は五カップ、カッピングすることにしているようだ。

絵里子がそう切りだしたのは、香りのチェックが終わり、湯の温度が冷めるのを待っていたときだった。

「それは構わないけど、どうかした？」

「おばあちゃんの病院に行ってこようかと思って」

「いいよ」

岬は、カップのコーヒーをスプーンで勢いよく口に吸い込んで、吐き出した。

絵里子も見よう見まねで真似してみるが、鼻が鳴り、味を確かめるどころではなかった。

岬はカッピングの一巡目を終えると、

「私も一緒に行っていいかな？」

と、絵里子に聞いた。

「本当？　そうしてくれる？」

絵里子は、岬がそう言ってくれて内心ほっとした。

由希子との間にはいつも微妙な距離がある。由希子はおばあちゃんといっても、絵里子の母の継母だ。だから絵里子とは血が繋がっていない。

絵里子は十六になるまで由希子に会ったことはなかった。十六で臨月になった絵里子を、絵里子の母親がここへ連れてきて由希子に押し付けたのだ。そのときすでに民宿は開店休業状態で、自分の生活だってやっとのことだったはずなのに、由希子は、途方に暮れていた絵里子に手を差し伸べてくれた。有沙が生まれてから一年もしないうちに妊娠したことにも、嫌な顔一つしなかった。

それなのに、絵里子は翔太が生まれて、子供達の父親が完全に絵里子を捨てたのだとわかると、由希子から逃げるようにして親子三人で金沢に出た。

親子三人が寄りかかるには頼りなかったのは事実だけれど、由希子の遠慮がちだけど細やかな気遣いが、絵里子には居心地が悪かった。

由希子のところに戻ってきたのは、当時働いていた店の寮のマンションで、絵里子のいない間に翔太がぼや騒ぎを起こしたからだ。

そのときも由希子は何も聞かずに受け入れてくれたので、この春まで二年間、子供達の面倒を見てくれていた。だから絵里子は金沢で自由に働くことができたし、たまに帰ってきて、何もしないでだらだらと、子供達の母親でいられたのだ。

絵里子は、由希子に自分の口から何かを頼んだことはない。感謝したこともない。

「ありがとう」じゃ、全然足りない気がしたけれど、何を話したらいいかも、どう接したらいいかもわからなかった。

ただ、由希子が持っていったパジャマではもう暑いだろうから、夏のパジャマを持っていってあげよう、と思っていた。

病院へは岬の車で行くことになった。帰ってきた翔太も乗せて、有沙を迎えに行く。学校の前で車を停めて待っていると、有沙は、梨佳と楽しそうに喋りながら校門を出てきた。車の窓を開けて、翔太が有沙を大声で呼ぶ。

梨佳に別れを告げた有沙は、岬の車に乗り込んできた。

由希子は、有沙と翔太が病室に入っていくと驚いて喜んだ。その後に、絵里子の顔を見つけると、

「絵里子ちゃん……」

と、言ったまま絵里子を見つめた。

「おばあちゃん」

距離なんて、そこにはなかった。

「元気だった？」

優しくいたわるような声が聞く。

絵里子はただ頷いた。

「ママ、最近、コーヒーで働いているんだよ」

と、翔太が言った。

「え？」

「だから毎日一緒。朝も学校から帰っても、夜も毎日！」

翔太の言葉に絵里子が頷いた。

由希子は、涙ぐんでいる。

有沙が入口の近くに立っていた岬を引っ張ってきて、

「おばあちゃん、岬だよ。舟小屋に引っ越して来た」

「こんにちは、吉田です」

由希子は深々と頭を下げて、

「孫達がお世話になりまして」

と言った。

「いえ、そんな。かえって助けてもらっています」

「あなた、清水さんのお嬢さん？」

由希子の言葉に岬の目の色が変化した。

「……父をご存じなんですね」

「うちの魚をお願いしていたときもあったんですよ。清水さんがゆたか丸に乗るようになる前。だけど清水さんにお嬢さんがいるなんて知らなかった」

「四つのときに両親が離婚して、私は母について行ったんです。それ以来父と会ったことはありません。もう会えないと思っていました」

「それで舟小屋でお父さんの帰りを待っているのね？」

穏やかな空気の中に沈黙が流れた。

「あの船の家族の人はみんなそう。みんな待っている」

と、由希子が言った。


病院の帰りに四人は、町のレストランで食事をした。

そんなことは初めてだったから、子供達は大いにはしゃいだ。帰りの車の中では翔太はぐっすりと、有沙もうとうとと眠ってしまった。

子供達が眠り込んで、車内が静かになると、絵里子は気になっていたことをやっと口にした。

「岬はあそこでお父さんの帰りを待っていたんだね」

絵里子は、外灯の下で海を眺めている岬の姿を思い出していた。

車はライトが切り裂く夜道をゆっくりと進んで行く。

「虫の知らせ、とか言うじゃない？　もしも死んだのだとしたら、それぐらい私にはわかるはずだと思うの」

「あたし、多分、岬のお父さんに会ったことがある」

絵里子は、慎重に記憶を点検しながら言った。

「え？」

岬が、信じられない、と言った表情で絵里子を見た。

「有沙はね、十六でできちゃったの。うちの母親なんて、自分もそうやってあたしを産んだくせに、なにも助けてくれなくてさ。結局おばあちゃん頼ってここで産むことになったんだ。胸やお腹が信じられないぐらいどんどん大きくなっていってね、すごく怖くって、よく砂浜で泣いてたんだ。そしたらね、舟小屋のおじさんが、子供はかわいいよって」

多分、岬の頭の中に、十六の絵里子に語りかける父親の姿がありありと浮かんでいるのだろう。懐かしむような、愛おしむような、そんな表情が見てとれる。

絵里子の頭の中にも、その光景が浮かんでいた。でも、それは岬が思い浮かべているだろう光景とは違っていた。

十六の絵里子は、舟小屋から出てきた「おじさん」のことを、汚らしいと思った。肌が浅黒く、無精髭で、作業着姿のその「おじさん」が近づいてきたのが、怖かった。

多分あれは絵里子をなぐさめてくれようとしたのだろうけれど、「おじさん」が「子供はかわいいよ」ってしみじみと言ったときも、湿っぽい笑顔が、気持ち悪いと思った。酷い態度でその場を立ち去ったのだと思う。

絵里子は十六の自分を恥じていた。今なら「おじさん」の気持ちが痛いほどよくわかる。絵里子には湿っぽく見えた笑顔を浮かべて、「おじさん」が、何をみていたのかがわかる。

「あれ、岬のことだったんだね」

岬は「え？」というような顔をした。

「有沙が生まれてよくわかったよ。おじさんが言ってたことが。本当に可愛いの。この子のためならばなんだってできるって思っちゃうくらい」

実際、絵里子は、有沙がまだ目もよく見えていない生まれたての頃、しわしわの小さな手で絵里子の指を握りしめたとき、不意に「おじさん」の「子供はかわいいよ」を思い出したのだ。

岬の顔がみるみるうちに曇る。

「離ればなれになったのは私のせい。私が父を捨てたんだ」

「だって、岬、そのとき、四歳でしょ？　そんなことできるわけないよ」

岬は首を振った。

「私が母を選んで、父を捨てた……私、父に会いたいの。会って、取り戻したい……」

絵里子は、その願いが間に合えばいい、と思った。

思い詰めたような岬の表情を見て、絵里子は言った。

「ねえ、ゆたか丸の家族の人に会ってみたら?」

突然、絵里子の話の中に、壮年の父のある日の姿を見ることができて、岬は嬉しかった。

家族の人達に会ってみようとは、絵里子に言われるまで思ってもみなかった。

考えてみれば、岬は若い頃の父の姿しか知らない。記憶の中の父は若いままで、年を取らない。

ゆたか丸の家族の人達に会ってみようと思ったのは、岬の知らない時代の父に、会いたいと思ったからだ。あの日、ゆたか丸には、岬の父親の他に三人の男達が乗っていた。岬の父親が一番若く、他の三人とは、一回り近く年が離れていたようだ。

連絡先は弁護士に聞くことにした。名刺の番号に電話をかけると、ワンコールも待たずにあの弁護士が出た。ペラペラとしたお喋りは相変わらずで、信用のおけない感じがしたけれど、弁護士は岬に好印象を抱いているようだった。暇だったらしく、すぐに連絡先を調べて教えてくれた。

男達の名は北川勇作《きたがわゆうさく》、坂本周吉《さかもとしゆうきち》、村田栄治《むらたえいじ》だという。

岬は早速、その家族達に宛てて手紙をしたためた。

前略
突然のお便りをお許し下さい。

私は清水俊夫《としお》の娘です。四歳のときより、父と離ればなれになっておりますが、この春、東京より越して来て、父の帰りを待っています。

是非、皆様に一度お会いしたく、ささやかな宴にご招待いたします。

ご都合よろしければ、民宿山崎までお越し下さい。

御連絡をお待ちしております。

吉田　岬　拝

手紙の返事は、それから一週間ぐらいして届いた。というより、坂本、村田に宛てた手紙は、「あて所に尋ねあたりません」という、スタンプが押されて戻ってきたのだ。

岬は残念に思ったけれど、八年の月日が、家族達に生活の変化を余儀なくさせたのだとしたら、いたしかたないと思い直した。

最後の返事は、諦めかけた頃にやってきた。

丁度、絵里子が舟小屋の前で郵便配達員と居合わせて、手渡しで受け取った郵便物の中にそれがあった。一つだけ和紙でできた長封筒で、宛名が筆で書かれたものだったから、絵里子にもピンときたらしい。

「岬、岬、来たよ。返事」

絵里子が、舟小屋に駆け込んできて、岬に封筒を渡す。

差出人は北川ヤス子と書いてある。

岬は、ペーパーナイフを使って封を切った。

手紙には、朝露を集めてすった墨で書いたかのような、艶やかな清々しい達筆が並んでいる。

まず、手紙には、返事が遅れたことへの詫《わ》びがあった。次に、思いがけず嬉しい手紙を受け取って喜んでいる旨が書かれてあり、坂本と村田の家族の近況も記してあった。そして、皆で揃って訪ねていくと結んである。

三人の男の妻達が、揃ってやってくる。その娘や孫までもが来てくれるという。

絵里子が岬の顔を覗き込む。

「来るって？」

岬は、絵里子を見て頷いた。

土曜日の午後に家族達は来ることになっていた。

それまでの間、絵里子は民宿を徹底的に掃除した。家族達は泊まっていくことになったから、長年使われていなかった布団も、晴れの日の度に、何度も干した。

子供達も、「お客さんがやってくる」と喜んで、風呂掃除に汗を流したり、客用のスリッパの埃を拭いたりして、絵里子の手伝いをした。

岬はとても張り切っていて、振る舞う料理のメニューを何度も考え直し、市場の方にまで買い出しに出かけて行った。

土曜日の朝は、早くから岬が民宿にやって来て、料理を作りはじめた。

絵里子は岬の手伝いをしようと意気込んでいたが、岬に割り当てられた、サザエの身を貝から引っ張り出す作業にてこずっていた。

「貸して」

岬が、サザエを手に取り、貝割りを蓋の間に差し込み回すと、肝の先まで身が出てくる。

「すごーい」

「コツがあるんだ」

岬が絵里子に、貝柱が張り付いているところを教えてくれた。

「そこをはがせば出てくるよ」

絵里子がそのとおりにやってみると、なるほど、とばかりにサザエの身は無抵抗でツルンと出てくる。

岬は魚をさばくのもうまい。大きな鯛も、あっという間に三枚におろされ、さくになる。

絵里子が感心して「岬はなんでもできるんだね」と言うと、岬は、「最初の職場で覚えたからね」と答えた。

絵里子は、驚いた。

「最初っからコーヒーじゃないの？」

「違うよ。コーヒーを仕事にするって決めたのは二十四歳から。それまではスーパーの社員だったから、いろいろな部署に異動があって、そこで覚えたの。鶏もさばけるよ」

岬は鯛の皮を引きながらそう言った。

「二十四歳からコーヒーを始めたの？」

二十四歳といえば、今の絵里子と同じ年だ。

「そう。豆の卸と焙煎をやっている専門店に転職して、そこで七年間修業して、それから独立したの」

それ以上、お喋りをしている暇はなかった。

絵里子は、酢飯を混ぜなくてはいけなかったし、茶碗蒸しの支度もまかされたからだ。

「来たよ！　お客さん」

「来たよ！」

あらかた料理の支度が整った頃、表で見張りをしていた有沙と翔太が台所に飛び込んできた。

「ねえ、早く、岬」

「早く」

鍋に火がまだ点いていたので、絵里子が岬の菜箸とエプロンを受け取って、外へと送り出してくれた。

有沙と翔太に手を引かれ、岬が外に出て行くと、丁度、民宿前の階段の下に、ワゴンタクシーが止まったところだった。岬は、慌てて階段を駆け下りる。

家族達はゾロゾロと車から降りてきて、岬の出迎えを受けた。

手紙をくれた北川ヤス子は四十代の娘の絢子《あやこ》と一緒だった。坂本直子《なおこ》は一人で、村田秀美《ひでみ》は嫁の玉枝《たまえ》と孫の善人《よしと》の三世代で来ていた。善人は二十代の若者に見える。

三人の男の妻達は、岬の肩を抱き、目を見つめて頷いた。

初対面だったけれど、再会のような、出会いだった。

ささやかな宴は、海辺で開かれた。

舟小屋の近くにテーブルがセットされ、岬が腕を振るった料理が並んだ。家族達はそれを取り囲み、心地よい海風に吹かれていた。

給仕の担当は絵里子達親子で、家族達をもてなしてくれている。

岬は、会の始まりに簡単な挨拶をして、父のギターで一曲披露した。それはずっと岬が練習していたあの曲で、かつて父が弾いてくれたメロディーだ。

たどたどしくも曲の最後まで行き、ジャーンとギターをかき鳴らして弾き終えると、家族達は温かい拍手を送ってくれた。

「懐かしいな」

と、岬の近くに善人がやって来た。

「それ、僕が初めて弾いたギターだから」

驚く岬に、善人は聞く。

「ちょっと弾いてみてもいいですか？」

岬が善人にギターを差し出すと、懐かしそうに手に取って、ジャズのような曲を弾きはじめた。その腕前は素人の岬が聞いてもかなりのもので、切ないような音色でギターが歌っている。

岬が善人のギターに酔いしれていると、村田秀美が懐かしそうに言う。

「俊夫さんにあの子、随分とかわいがってもらったんだよ。うちの爺《じい》さん厳しくってね」

「あの子不登校だったから」

と、玉枝が頷く。

「学校いかないなら船乗れーって無理矢理乗せたら、猛烈に船酔いしちゃって、ますます引きこもっちゃって」

「ちょうどその頃、俊夫おじさんがお父さん達の船に乗るようになって、ギターを撒《ま》き餌《え》に引きずり出してくれたんです。だから感謝してるの」

「そうだったんですか」

岬は感慨深く、ギターを弾く善人を眺めた。中学生ぐらいの善人にギターを教えている父の姿が思い浮かんでくる。それはとても微笑ましい光景だった。

一曲弾き終えた善人に岬はなんていう曲なのか聞いてみた。

「Night and day」

そう言って善人は、二曲目を弾きはじめた。

「やってみた。やってみた。駄目よ。あれ、全然効かない」

「それじゃあ、あれだ、量るだけっていうの」

「量るだけ増えてくからしょうがない」

岬が、北川ヤス子と坂本直子のところにやって来ると、二人は何やら話し込んでいた。

ヤス子は、茶碗蒸しを運んでいた絵里子を見て言った。

「あなた、細くていいわね。お肉分けてあげたい」

どうやら二人はダイエットの話をしているようで、岬に気づくなり、ヤス子が言い訳をはじめた。

「いえね、困っちゃうのよ。うちのお父さん、酒呑みのくせに甘党だったから。漁に出る前にこんな大きな大福とかぼた餅をたべるわけ。でもね、あの日は、大福を半分残して『帰って来たらたべるわ』って、行っちゃったの。それがね、船がいなくなっちゃって、しばらく忘れていたもんだから、お皿の上でカビが生えちゃって。あたし捨てたんだけど、でも、帰って来たら食べるって言っていたしなあって」

「それでこの人、朝に夕に大福半分食べてるから、八年でこんなに太っちゃったって言いたいの」

と、坂本がちゃかす。

「だって本当のことよ」

と言いながら、ヤス子は料理を食べるのに忙しい。

「けなげねー」

「おばさん、もっと言ってやって。お母さんただのメタボなんだから」と、絢子が言ったから、みんなが笑った。岬も笑った。

八年とはそういう月日なのだ。突然、愛する人が目の前から消えてしまっても、毎日は続く。家族達はその帰りを信じながらも、日常を生きていかなければならない。一日一日は悲しく途方に暮れる日々だけではない。希望ばかりを胸に抱く日々ばかりでもない。おかしかったり、退屈だったり、何でもない一日だったりもする。そしてその日々の中にも愛する人がいつもいるのだ。岬はあらためて他の家族達と心が同じなのだと感じた。

「私、写真持ってきたの。一緒に写っているのが一枚だけあったから」

そう言って絢子が、一枚の写真を岬に渡した。ゆたか丸をバックに四人の男が写っている。

年を重ねてはいるが、記憶と変わらぬ風貌の父を岬は指で触った。

家族達が岬の背後に集まってきて、写真を覗き込む。

「お父さんに会いたいねえ」

と、村田が言った。

岬は写真を見つめながら、頷いた。

夕方、絵里子がコーヒーの盆を持って舟小屋から出てくると、善人だけがテーブルに残り、ギターを弾いていた。

子供達は、打ち上げ花火の準備に駆け回っていた。

外灯が点いていて、岬達は砂浜に下りて海を見つめていた。

一発目のロケット花火が、小さく飛んで、海の少し上で開いて散った。続いて二発目、三発目と花火が上がる。岬と家族達は寄り添って、そのままずっと海を見つめていた。


あくる日の朝、家族達は来たときと同じようにワゴンタクシーで帰っていった。岬は海沿いの道に出て、タクシーが見えなくなるまで見送った。

それから一人で仕事を始めた。

民宿の後片付けを終え、絵里子が舟小屋にやって来たのは、午後になってからだった。

「片付いた?」

「うん」

配送の準備をしていた岬は、手を止めて、絵里子の近くへ行った。

「いろいろ、ほんとにありがとう」

「ううん」

岬は、引き出しから封筒を二つ取り出して、

「はい、これ」

と、絵里子に渡した。

「なあに？」

「一つはお給料で、もう一つは宿泊料」

絵里子は、宿泊料の方の封筒を眺めると、

「こっちはいいよ」

と、岬に突き出した。

「民宿なんだからちゃんと取ってください」

「どうも、すみません」

と、躊躇《ちゆうちよ》しながらも絵里子は中をあらためた。

「こんなに？」

「うちは、結構儲《もう》かっているんだ。強盗にも入られるくらい」

「いやあだ。そんな冗談言わないで。でも、ありがとうございます」

絵里子はそう言って、大事そうに封筒をバッグにしまった。

岬がコーヒー豆を量りながら袋に小分けしていく。手を洗い、エプロンを巻いた絵里子がその袋の口を、テープで閉じていく。

「さっき、片付けていてちょっと思ったんだけどね、おばあちゃん帰って来たら一緒に民宿やってみようかな？」

「それはいいね。おばあちゃんまだ若いし、二人とも美人だから流行《はや》るかもよ」

絵里子が「またー」と言って笑う。

岬は、本当にそれはいいと思った。ここは海より他なにもないところだけど、頑張って居心地のいい民宿に作り替えることができたなら、絵里子の優しさに会いにわざわざ来る人がいるかもしれない。

「そうなったらうちはもっと若いのを雇おう」

「いいですけどね。有沙は労働基準なんたらに違反するんだから、気をつけてくださいね」

岬と絵里子は、顔を見合わせて笑った。

13　サマータイム

夏がやってきた。

夏休みの第一日目、翔太は大失敗をした。前の日の晩は、夏休みがはじまることにあんなにもうきうきしていたのに、朝起きたら、有沙と絵里子の布団が既にたたまれていたので、慌ててランドセルを背負って二階から駆け下りてしまったのだ。

「もう、なんで起こしてくれないんだよ」

朝ごはんの支度をしていた絵里子と有沙が顔を見合わせた。

「あれ？　翔太、学校行くんだ」

有沙が面白そうに言った。

「夏休みじゃないいんだ」

絵里子も冷やかす。

「うるせえ、間違えただけ」

と、翔太はランドセルを放り投げて、座り込んだ。

それでも翔太は、いつまでもふてくされたままではいられなかった。なんといったって夏休みが始まったのだ。

朝ごはんを食べ終えるとすぐに、梨佳が有沙のところにやって来たから、翔太も一緒に海で遊んだ。お腹がすけば舟小屋に行って、お昼のサンドイッチをもらった。午後になると、少し前に民宿の物置で見つかったかき氷機で、絵里子と岬が、かき氷を作ってくれた。翔太はブルーハワイが気に入ってそればかり食べていたのだけれど、有沙は、岬が作ってくれたコーヒーシロップに練乳をかけたのが一番美味しいと言い張ってそればかり食べている。コーヒーが苦手な梨佳でさえも、同じ意見のようで、ブルーハワイ派は翔太だけだった。

そのうち有沙と梨佳が翔太の顔を見て「モンスターズ・インクみたい」と笑い出す。翔太は頭にきて岬のところに行くと、岬も笑い出し、鏡で、真っ青になった口を見せてくれた。

その夏は、さいはての海辺にとって、特別な夏だった。梨佳だけではなく、いろいろな人がその海辺にやってきた。

どこかで噂《うわさ》を聞きつけた観光客が『ヨダカ珈琲』にやって来ることもあったし、大きくなったお腹を抱えて千夏もやってきた。

千夏の乗ってきた車は実家の古いアコードだった。千夏は結局、絵里子に言われたとおり実家に帰ることにしたらしい。「つまらないものですが」なんて言って、家業のきんつばを手土産に持って来た。

千夏には不安が全く見えなかったから、絵里子は安心した。店の噂話や思い出話《よ》に花を咲かせたり、有沙や翔太の小さくなった洋服を貰っていくというので、それを選ったりして楽しいひとときを過ごした。

帰り際、千夏は、「エリたんが幸せそうでよかった」と言った。

「そうなのかな？」

「なんでもない毎日を、あーちゃんや翔太と一緒に過ごせることがエリたんにとっての幸せなんだよ」

と千夏は言う。

そうだとしたらそれは岬のおかげだ、と絵里子は思った。

「じゃあ、千夏のうちも千夏が帰ってきて幸せだね」

と絵里子が言うと、

「どうかな？　まだちょっとわだかまりがある」

と千夏は言った。

絵里子が千夏を車まで送って、後部座席に荷物を載せようとドアを開けると、ビニールがかかったままの真新しいチャイルドシートが取り付けてある。

「気が早いんだ。うちのお父さん」

千夏は、そう言って、車に乗り込んだ。

絵里子は、千夏のうちも確かに幸せなんだろう、と思った。


城山も『ヨダカ珈琲』によく顔を見せた。

城山のお目当ては、コーヒーはもちろん、ソファーに座り込んで愚痴をこぼし、岬や絵里子にきいてもらうことのようだった。

「じゃあ、先生、夏休みじゃないの？」

「違います。違います。夏休みなんてお盆の頃、ほんのちょろっとです。今日なんて体育倉庫の備品の点検ですよ。跳び箱一人で運ばされてもうくたくたです」

岬が、城山のために淹れたコーヒーを運んでくる。

「おつかれさまです」

「ありがとうございます」

城山は、コーヒーを一口飲んで「あー癒される」と、声を漏らした。

「先生、ご注文はヨダカブレンドでいいですか？」

「はい。２００グラムを三袋。うちの母もコーヒーは苦手なんて言ってたんですけど、すっかりファンになっちゃって。友達とかに送るらしいです」

「ありがとうございます」

岬は、ヨダカブレンドを量ってミルにかけ、豆の準備を始めた。

「ところで山崎さん」

「はい？」

「民宿ってもうやっていらっしゃらないですよね？」

「はあ」

「実はうちの弟、大学生なんですけど、部活の合宿先を探しているらしいんです。どうやら去年まで行っていたところにドタキャンされちゃって困っているらしいんですよ」

「はあ」

「もう夏休みが始まっちゃってますから、今から慌てて探しても、どこもいっぱいで見つからないらしくて。それだったら山崎さんのところはどうかなって思ったんですけれど、やっぱり駄目ですかね？」

「できますよ。合宿」

と、奥から岬が言った。

「ね？」

「え？　でも、食事はどうしよう」

「ああああ、やつら、自炊もできますし、なんでも食べるでしょうから大丈夫」

城山がなかなか弟の部活動が何であるか言わないので、有沙の意見も手伝って、きっと文系の地味なものだと絵里子も岬も思っていた。だから、相撲部《すもうぶ》の主将から絵里子に電話がかかってきたときは、心底驚いた。ちゃんと迎えることができるのだろうかと心配になったけれど、電話は礼儀正しかったし、本当に困っているようだったので、絵里子は引き受けることにした。

そうして、夏の盛りに相撲部がやって来た。

城山の言ったとおり、相撲部員達は料理をすることに慣れていて、食事の支度は一年生の部員達がしてくれた。

絵里子は、掃除や洗濯、朝練の後と夕方の練習終わりの風呂の支度に精を出し、大きなやかんで麦茶を何度も沸かしたり、食材の買い出しに出かけたりと忙しく働いた。買い出しは岬に車を出してもらわなくてはならなかったけれど、岬は仕事の開始時間を早めて時間をやりくりし、快く協力してくれた。

有沙や翔太も張り切って掃除や洗濯を手伝ってくれたけれど、海辺で四股《しこふ》踏みやぶつかり稽古が始まると、飛んで行って夢中になって見ていた。

合宿の一週間が終わると、絵里子の手には生まれて初めて豆ができていた。豆の皮が分厚く白くなって、今にも剝《む》けそうだった。

賑《にぎ》わっていた海辺も静けさを取り戻し、もうすぐ夏が終わろうとしていた。

夏休みの最後に、絵里子は子供達を連れて由希子の病院に見舞いに出かけた。岬と一緒に行って以来の訪問だったけれど、由希子は日に焼けた子供達や、元気そうな絵里子を見て嬉しそうだった。

有沙と翔太は、相撲部員達に教えてもらった横綱土俵入りの雲竜型を披露した。これには病院に戻っていたパンチパーマが大喜びで拍手を送っていた。

「すごいね」

由希子が、土俵入りを終えてベッドの傍に来た有沙と翔太に目を細めた。

「部長の山中さんは１０５キロあるんだって」

「城山先生の弟はもっと凄いんだよ」

「１２５キロ！」

「そんなに？」

由希子は「ごはんはどうしたの？」と絵里子に聞いた。

「ほとんど自炊させちゃった」

「朝は鍋で夜はバーベキュー」

と、有沙が説明する。

「来年も来るんだって」

と翔太が言うと、

「ほんとう?」

と、由希子が驚いた。

「おばあちゃん」

絵里子が由希子の目を見て言った。

「退院したら、民宿、一緒にやろう」

「絵里子ちゃん……」

由希子は胸を打たれたようだった。

絵里子は照れくさくなって、豆の皮をいじくった。

看護師が入って来て、

「あれ、由希子さんどうしたの? もうじき退院で淋しくなっちゃった?」

由希子はそれには応えられず、目頭をぬぐっていた。


そのニュースが絵里子の耳に飛び込んで来たのは、ロビーの椅子に座り順番待ちをしながら病院の会報誌を読んでいたときだった。

看護師が受付に顔を出すようにと絵里子に言ったので、ロビーに降りてみると、受付は混んでいて長いこと待たされそうだった。仕方なく絵里子はつまらなそうな会報誌を手に取って時間を潰していた。ちょうど、アルコール依存症の自己診断チェックを終えて（もちろんアルコール依存症の症状なんてなかったが）、健康レシピのコーナーの、納豆オムレツの作り方を読んでいるとき、ロビーにあるテレビから緊急速報のチャイムが流れたのだ。

絵里子は振り向いてテレビを見た。画面がぱっとしないお昼のトーク番組から、報道センターに切り替わったところのようだった。

「速報です。石斧崎沖であらたな頭蓋骨が発見されました。今朝、午前九時二十分頃、石斧崎沖二十キロ付近の海上で操業中の底引き網漁船小磯丸が揚網中の網内に、白骨化した頭蓋骨一個を発見し、一一八番通報しました。これで、石斧崎沖で発見された頭蓋骨は四個となりました。では、中継です。飯島漁港前から田代記者に伝えてもらいます」

「はい。お伝えいたします。飯島漁港は相次ぐ頭蓋骨の発見で緊迫した空気に包まれています。といいますのも、発見した漁船はいずれも今朝未明この漁港を出港した船であり、このうち二個目を発見した第十五永禄丸は、頭蓋骨の他に破損した船の一部と見られるものも引き揚げています。現場海域では八年前に漁船行方不明事件が起こっており――」

受付から「山崎さーん、山崎さーん」と、絵里子を呼ぶ声が響いていた。その声は、呆然《ぼうぜん》とテレビを見つめていた絵里子の耳には届かなかった。

絵里子が病院から戻ってきたのは、宅配業者が荷物を集荷して引き上げていった後だった。

絵里子に気がつくと、岬は笑顔を見せた。

「おかえり、おばあちゃん元気だった？」

「岬、あのね……」

絵里子の様子を見て、岬は駆け寄ってきた。

「おばあちゃん、どうかしたの？」

「石斧崎沖でね、頭蓋骨が発見されたって……ニュースで、朝からずっと……」

「え？」

「船の一部も見つかって、ゆたか丸じゃないかって……ねえ、岬……」

「そんなはずないよ」

「でも、岬」

岬は何も聞こえていないかのように、ホッパーから豆を釜に落とすと、焙煎を始めた。

舟小屋の中に焙煎釜が豆を回す音だけが響いていた。やがて豆のはぜる音が聞こえだすと、岬はいつもよりも気ぜわしく何度もテストスプーンを引っ張りだして煎り加減を見ていた。

絵里子は、そんな岬をただ見ているしかなかった。

そのとき、電話が鳴った。絵里子が出ると、それは絢子からのものだった。岬は、絵里子が取り次いでも絢子の電話には出ようとしなかった。手を休めることなく、焙煎釜の前から離れようとしなかった。

有沙にも、岬に大変なことが起きた、或いは起きようとしている、というのが分かった。

夕方、有沙は舟小屋に行ってみた。何か手伝いができるかもしれない、と思ったからだ。ガラス戸から中を覗くと、岬はいつものとおり働いていたけれど、表情はなく、まるで機械のようだった。それは、有沙が一度も見たことのない、岬の顔だった。岬の仕事は一人きりで完結していて、誰の手伝いも必要としていないようだった。

有沙は、岬が顔を上げてこっちを見ればいい、と思った。そうしたら、舟小屋に入って行けるような気がしたからだ。

けれども岬は、有沙の方を一度も見ることはなかった。

その夜、民宿に絢子がやって来た。

絵里子は岬を舟小屋に呼びに行き、渋る岬をどうにか連れてきた。応接セットで絢子と向き合ったものの、岬は何も聞きたくないし話もしたくないようだった。絵里子は、絢子に麦茶を出してからは少し離れたところに座り、二人の様子を見守っていた。

「こんなことは今までに何度もあったの。身元不明の遺体が海で上がる度、もしかしたらって……それはもう痛ましくて、もしも父だったらと思うだけでもう恐ろしくて。だから岬さんの気持ちはわかる。でもやっぱり父だったらなんとしてでもうちに帰してあげたい。だって、冷たい海の底でどんなに戻ってきたかったことか」

「皆さんがどうしようと私はここで父を待っていますから」

「帰って来たのよ。どんな形であれ、私達が待っているところへ。母はようやく大福をまるまる一個父にあげられるって、今日仏壇に供えていた……岬さんも私達と一緒に鑑定を受けた方がいい。それだけ言いたくて」

絢子が腰を上げても岬は座ったままだった。絢子は心残りがあるようで、岬の肩に手を触れたけれど、岬は何の反応もしなかった。

絵里子が絢子を車まで送って戻ってきても、岬はそのままの姿勢で座っていた。

「岬……」

岬は、絵里子に気づくと、応接セットから立ち上がった。そのまま帰って行こうとする岬にかける言葉を、絵里子は一つしか思いつかなかった。

「ねえ、今日泊まって行かない？」

「どうして？」

「どうしてって、ほら、その、一人じゃあれだし」

岬が笑った。

「大丈夫、おやすみ」

と言って、岬は民宿を出て行った。

全然大丈夫のはずがなかったけれど、絵里子にはどうすることもできなかった。

有沙と翔太は、二階の窓から、舟小屋へと戻って行く岬の後ろ姿を見ていた。岬は、明かりの点いたままの舟小屋を通り過ぎ、海の近くまで行くと、立ち止まって真っ暗な海を見つめているようだった。そして、思い出したかのように外灯を点けると、舟小屋の中へと入って行った。

絵里子が、二階に上がってきた。

「もう寝なきゃ」

「ママ、岬のパパ帰ってこないの？」

有沙が聞いた。

「わからない。でも、岬はそう思いたくないの。ママも岬を信じてあげたい」

「オレ、パパなんていらないよ。ママがいればいい。ねえ、有沙」

有沙は頷いた。

絵里子は二人を抱きしめた。

「ママ、岬、ひとりぼっちでかわいそう」

絵里子の腕の中で有沙が言う。

「うん、たぶん今、お父さんと一緒にいるんじゃないかな？」

翔太は不思議そうな顔をしたけれど、有沙にはそれが分かるような気がした。

「有沙、明日の朝早く起きて岬のところに行く」

「オレも行く」

「じゃあ、三人で行こう」

絵里子は二人を寝かし、タオルケットをかけた。

「おやすみ」

「おやすみ」

有沙と翔太が小さな声で言った。

絵里子は電気を消すと、窓辺に立って外を見た。舟小屋の電気はもう消えていて、外灯の明かりだけが健気に光を放っていた。

その日一日を早く終わらせてしまおうと、岬は、眠ることにした。

だが、寝床に横になり、目を瞑ってもなかなか眠りは訪れてこない。波の音が、いつもより激しく聞こえていた。こんなにも波の音が耳につくのは久しぶりのことだった。

岬は、暗闇の中、目を開いた。その目には何も見えなくて、世界には岬、一人きりのようだった。

それを決定づけることが、親子の証なのだろうか？

それだけが親子でいられる唯一のことなのだろうか？

岬は、あの日この海辺で父が見せた、優しく哀しい笑顔を思い浮かべた。その顔が、波にかき消されそうだった。

岬は、夢中で起き上がると、手探りでギターを手元に引き寄せた。

記憶の中の父のギターに合わせるように、ギターを鳴らした。何度も鳴らしたけれど、何度やっても、波音は消えない。それどころか、波音はどんどん大きくなり岬を呑み込んでいく。

岬は、ギターを投げ出して耳を塞いだ。

微かな希望が消えかけていた。また一人きりになってしまいそうだった。

岬は、目を瞑り、耳を塞いで、小さく体を丸めて懸命にこらえようとした。

有沙が目を覚ましたのは七時近くだった。太陽は姿を見せていないらしく、空はどんよりと厚い雲に覆われていた。

絵里子と翔太はまだ寝ていて、絵里子は昨夜着ていた洋服のまま、翔太の傍で丸まっている。

有沙は、窓に行き舟小屋を見た。カーテンは開いていて、岬はもう起きているようだった。

「起きて、ママ、翔太、岬が起きてるよ」

急いで絵里子と翔太を揺り起こすと、二人はすぐに目を覚ました。

「岬のところに行っていいでしょう？」

絵里子が頷いたので、有沙と翔太は大急ぎで着替えて下へ降りていった。

二人が民宿前の階段を駆け下りていくと、岬が、車にギターと長靴を積み込んでいる。

有沙と翔太は、その光景に立ちすくんだ。

遅れてやってきた絵里子も、二人の隣で立ち止まった。

岬は、三人に気がつくと、「おはよう」と言った。

「岬、どこかに行っちゃうの？」

翔太が岬に駆け寄って聞いた。

岬は、翔太に頷いて、絵里子の方を見た。

「頼みたいことがあるのだけど」

「……何？」

「落ち着いたら、業者が焙煎釜を取りに来るから鍵を開けてくれる？」

翔太が岬の前に立ち塞がった。

「岬、どこに行っちゃうの？」

「分からない。でもここじゃないどこか」

「そんなのいやだよ。なんでだよ？」

岬は、トランクのドアを閉めて、助手席の窓に行くと、中から何やら取り出した。

「これ、お別れに貰ってくれるかな？」

翔太に手渡したのは、世界の小石が詰まった瓶だった。

翔太が哀しそうな顔をして、岬を見上げた。

有沙は、今にも涙が溢れ出そうになるのを堪えながら、岬を睨みつけていた。

岬は有沙に近づいてきて、エプロンを渡した。

「一緒に働けて楽しかった。ありがとう」

「嘘つき。どこにも行かないって、言ったじゃない」

岬は、有沙と、もう目を合わさなかった。

「ごめんね。でも、もうこの波の音、聞いていられないから」

不意に絵里子が岬を抱きしめた。岬は、絵里子を体から離して小さく頷くと、車に乗り込んでエンジンをかけた。

岬の車がゆるゆると海沿いの道に出ていった。

翔太が、その後を追いかけた。

有沙は、肩を震わせて泣いていた。

絵里子は、その場に立ち尽くして、遠ざかっていく岬の車を見つめていた。

14　さいはてにて

新学期が始まっても、有沙はよく舟小屋に行って、ガラス戸から中を覗いた。こまごましたものがなくなっていて、がらんとしていたけれど、ソファーや机などの大きな家具と電話機は残されていた。岬からはなんの連絡も来ず、業者も引き取りにくることはなかったから、焙煎釜も舟小屋に残されたままだった。あんなにバリバリと岬と一緒になって働いていたのに、舟小屋の片隅で沈黙しているしかなくて、その姿は淋しそうに見えた。

有沙は、岬がいなくなってしまってからしばらくして、『ヨダカ珈琲』に電話をかけることを思いついた。

思いがけず電話は繋がって、八回コール音がした後、岬の声がした。それは岬が吹き込んだ、しばらく休業することを詫びている応答メッセージだった。そんな形で岬の声を聞いても、有沙はちっとも嬉しくなかったけれど、有沙はそれから何度か電話をかけてみた。たぶんどこかに転送されていて、その先の電話が応答しているのだから、その傍に岬がいるのではないかと考えたのだ。

そのうち、「おかけになった電話番号へはお客様のご都合によりお繋ぎできません」というアナウンスだけが聞こえるようになった。

それでも有沙は諦めきれなかった。

登下校の道や、校外学習で行った隣町の水族館や、スーパーの駐車場に岬の車を探した。

夜は二階の窓から星を見上げた。星座なんて一つも分からなかったけれど、夜空に浮かぶ無数の星の大部分は、弱い光しか持たない淋しげな星だということがわかった。

海は夜空と繋がって、その境目もわからないくらいに真っ暗だった。

「ママ」

有沙は怖くなって絵里子を呼ぶと、絵里子がやってきて有沙の隣に座り、肩を抱いてくれた。

「大丈夫だよ」

それでもやっぱり夜が怖い。真っ暗なのが怖い。岬がそこにいない暗闇が怖い。

いつの日からか絵里子は夕方になると海辺に行って、舟小屋の外灯を点けてくるようになった。

有沙は、そんなことをしても意味ないよ、と思ったけれど、絵里子は「あーちゃんのためだけじゃないよ」と言って、毎日外灯を点けに行く。

九月の半ばに、由希子が仮退院してきた。さいはての海辺にとって唯一の明るいニュースだったけれど、それはほんの少しの間だけで、すぐにまた由希子は病院へ戻ってしまった。

半島の木々は色づきはじめ、反対に、さいはての海辺は色をなくしていくようだった。岬がいなくなったあの日から、季節はすっかり変わってしまった。秋が深まり、朝晩の冷え込みに、絵里子達はセーターやフリースを引っ張りだしてきて、着ないわけにはいかなかった。

絵里子はこの頃、学校に行く子供達と一緒に家を出る。

相変わらず膝丈のワンピースみたいな服を着ているが、カジュアルなセーターやパーカーを上に合わせ、足には靴下とこの秋に町のスーパーで買った安物のスニーカーを履いている。

親子三人は、バス停まで一緒の道を行き、そこで別れると絵里子はバスを待つ。バスを二本乗り継いで、絵里子は教習所に通っている。

流れている時間は同じなのにどうしてだろう？

今でも岬がいないことが辛いのに、それが時々薄まってしまう。

梨佳と遊んでいるときや、不意に男の子達に「ごめん」と言われたときなんか、有沙は笑い、岬のことを忘れている。ごはんを食べているときや歯磨きしているときだって、きっと何も考えていない。

逆に、ふとした瞬間から岬のことばかり考えてしまう。

有沙の気持ちはよく混ざっていないカルピスみたいに、ときによって濃度が違い、岬が溢れたり薄まったりしている。

六時間目は国語の授業で、三年一組の児童達は城山先生に連れられて図書室へとやって来た。

「では、みんな、好きな本を一冊選んでください。秋の読書感想文を書いてもらいますからね」

クラスメート達は散らばって、大騒ぎしながら本を選びはじめた。

有沙は、本の背表紙を眺めながら本棚にそって歩いた。『よだかの星』を見つけると、立ち止まって手に取った。

梨佳が傍にやってきて、「何にした?」と、有沙に聞いてきた。

有沙が何も答えないでいると、

「それ、面白い?」

有沙は首を振った。

梨佳は有沙の手元を覗き込んで、有沙の気持ちを察したようだった。

「コーヒーのお姉さん、どうしているんだろうね」

いくら梨佳でもこの気持ちだけは共有できない。

有沙は、じっと本の表紙の不格好な鳥を見つめたままでいた。


有沙が学校から帰ってくると、絵里子がもう戻ってきていて、台所から顔を出した。

「あーちゃん、おかえり」

絵里子は浮かない顔の有沙に声をかける。

「どうした？」

有沙は、首を振った。

「ママ、仮免受かったよ」

「カリメン？」

「明日から路上に出るの」

「ロジョー？」

「そ。道に出て車を運転するの」

「ふうん」

「免許を取って、冬になる前に中古の車を買うからね。あーちゃんも何色がいいか考えといてね」

車だったら水色がいい。水色は岬の車の色で、有沙はやっぱり岬のことを考えてしまう。

二階では、翔太が寝転んだままマンガを読んでいた。傍らには世界の小石の瓶が転がっている。

翔太は有沙に気づくと、分厚いコミック誌から少し顔を覗かせて「おかえり」と言った。そしてまたすぐに視線をマンガに戻した。

何度も読み古した4月号なのに、翔太は、飽きずにクスクスと笑っている。有沙には、それがどうしても理解できない。

有沙は、ランドセルを下ろして、窓辺に行った。

ランドセルには『よだかの星』が入っていた。他に好きな本がないのだから、それを選ぶより仕方がなかった。

だけど、一体どんな感想を書いたらいいのだろう？

もう、あの鳥に怒ってはいない。自分勝手な鳥だとも思ってはいない。でも、やっぱりあの鳥は寂しくて悲しい。どう考えても宿題に取りかかるのは難しそうで、有沙はただぼんやりと、窓辺に頬杖をついて外を眺めていた。

しばらくすると有沙の視界に、一台の赤い車が入ってきた。海沿いの道をやって来て、舟小屋の前で停まる。

それは珍しい光景ではない。『ヨダカ珈琲』がなくなってしまったことをまだ知らない人達が、訪ねてくることが度々あるからだ。

若い二人の観光客は、閉まっている『ヨダカ珈琲』を前にして、「マジか！」とか「嘘ー」とか「笑うー」などと声を上げて騒いでいた。

絵里子が民宿前の階段を下りて行くと、「誰か来た。聞いてみよ」と、相談している。

「あのー、すみません。ここのコーヒー屋さん、もうやってないんですか？」

「はい、今は……」

「えー、やっぱり」

「どうする？」

「どうするってしょうがないじゃん。パワースポット行こう」

「あ、待って。せっかくだから写真撮ってもらおう。すみません、いいですか？」

絵里子は、デジカメを受け取り、舟小屋をバックに写真を撮ってあげる。

「ありがとうございましたー」

と二人は同時に言って、車に向かった。

「あの人、超かわいくない？」

「っていうか、あの人何しに来たの？」

「うちらが困っているのを見て、来てくれたんじゃねえ？」などと言いながら二人は車に乗り込んで、走り去って行った。

絵里子は外灯の下に立ち、海を見つめていた。しばらく前から毎日この時間、こうして海を見つめている。

絵里子は岬を待っていた。どこにいるかも、いつ帰って来るかも分からなかったけれど、ここで岬を待ち続けようと決めたのだ。

誰かが待っていれば、そこは誰かの帰りうる場所になるはずだ、と思ったからだ。

それにはここで生きていかなくてはならない。岬がそうして父を待っていたように、ここが絵里子の生きる場所にならなくてはならない。

免許はそのための第一歩だった。車を買ったら、町の旅館に通いで働きに行くつもりだ。布団の上げ下げだって、皿洗いだって働けるのならなんだっていい。そうやって経験を積んだなら、いつの日か民宿を本当に再開できる日も来るだろう。

絵里子は、これからのあれこれに、ここで思いを巡らす。ここには希望がある。希望があるから前を向いていられる。

有沙は、二階の窓から海辺に立つ絵里子の姿を見ていた。

日がもう暮れかけていたから、絵里子は随分長いことそこに立っていた。

有沙も、同じぐらい長いこと窓辺に頬杖をついていた。

「電気つけて」

翔太がマンガを読みながら言っている。

有沙が無視していると、翔太は渋々自分で電気を点けた。

そのとき、一台の車が、海沿いの道をやって来た。有沙は、まただ、と思った。

次の瞬間、有沙は、その車の色や形に自分の目を疑った。

それは、ずっと有沙が探していた車だった。

有沙は凄い勢いで立ち上がると、部屋を飛び出した。

翔太は有沙の勢いにビックリして、窓の外を見た。そこに岬の車があったから、翔太はコミック誌を放り出して有沙の後を追いかけた。


絵里子は、外灯の電気を点けて民宿に戻ろうとしていた。

振り向くとそこに、岬が立っていた。

二ヶ月ぶりの岬は、夕暮れの海辺に、少し寒そうに身を縮めていた。ためらいがちな表情で、何か言葉を探していたけれど、それはなかなか見つからないようだった。

絵里子は迷わず「おかえり」と言った。

岬は意表をつかれた顔をした。でもすぐに、探していた言葉が見つかったことに気づいたようだった。

「ただいま」

ぎこちない言い方で、絵里子を見る。

絵里子は、あとはもう手を広げて近づいていくだけだった。

岬が、やっと表情を崩して笑った。絵里子も笑った。

民宿前の階段を駆け下りて来た有沙と翔太が、もうそこまで走ってきていた。

あとがき

「さいはて」に暮らす彼女たちとは随分長い付き合いになる。

彼女たちが、何を見て何を思うのか？　脚本を書きはじめてからというもの、そればかりを考え続けた日々だった。

彼女たちが誰かの目に初めてふれるときは、嫌われやしないかと心配になる。

そうした心配は、キャストの方々が決まるまで続いた。

忘れられない光景がある。有沙役のオーディションのために二百人近くの女の子が集まってくださった。その中で、桜田ひよりちゃんだけが、誰の目にも有沙だった。その時そこにいた大人達が全員、運命の人に出会ったような顔をしていた。

撮影が終わり、小説化することになり、再び彼女たちと一人で向き合う日々がはじまった。しかし、それも終わろうとしている。今度も少し心配になる。読者の皆様に、彼女たちを温かい目で見守っていただけたら、と願うばかりだ。

二〇一四年十二月

柿木　奈子

「よだかの星」の引用は、宮沢賢治『新編銀河鉄道の夜』（新潮文庫）によりました。

本書は、映画『さいはてにて～やさしい香りと待ちながら～』の脚本をもとに書き下ろされた文庫オリジナル作品です。

口絵デザイン
成見紀子

口絵写真

集英社文庫

さいはてにて　やさしい香《かお》りと待《ま》ちながら

2015年 1 月25日　第 1 刷　　　　定価はカバーに表示してあります。

著　者　柿木奈子《かきのきなこ》
発行者　加藤　潤
発行所　株式会社　集英社
東京都千代田区一ツ橋2-5-10　〒101-8050
電話　【編集部】03-3230-6095
【読者係】03-3230-6080
【販売部】03-3230-6393（書店専用）
印　刷　大日本印刷株式会社
製　本　大日本印刷株式会社

フォーマットデザイン　アリヤマデザインストア　　　　マークデザイン　居山浩二

ISBN978-4-08-745278-5 C0193